CB016617

A ORELHA DE VAN GOGH

Obras do autor publicadas pela Companhia das Letras

A orelha de Van Gogh
Sonhos tropicais
Contos reunidos
A paixão transformada: história da medicina na literatura
A majestade do Xingu
A mulher que escreveu a Bíblia
Os leopardos de Kafka
Saturno nos trópicos
O centauro no jardim

Infanto-juvenis

O livro da medicina
Éden-Brasil
O irmão que veio de longe

A marca FSC é a garantia de que a madeira utilizada na fabricação do papel deste livro provém de florestas que foram gerenciadas de maneira ambientalmente correta, socialmente justa e economicamente viável, além de outras fontes de origem controlada.

MOACYR SCLIAR

A ORELHA DE VAN GOGH

CONTOS

2ª edição
2ª reimpressão

COMPANHIA DAS LETRAS

Capa:
Victor Burton

Revisão:
Octacílio Nunes Jr.
Vera Lúcia de Freitas

Os personagens e situações desta obra são reais apenas no universo da ficção; não se referem a pessoas e fatos concretos, e sobre eles não emitem opnião.

Dados Internacionais de Catalogação na Publicação (CIP)
(Câmara Brasileira do Livro, SP, Brasil)

Scliar, Moacyr, 1937-2011
A orelha de Van Gogh : contos / Moacyr Scliar. —
São Paulo : Companhia das Letras, 1989.

ISBN 978-85-7164-048-1

1. Contos brasileiros I. Título

89-0776 CDD-869.935

Índice para catálogo sistemático:
1. Romances : Século 20 : Literatura brasileira 869.935
2. Século 20 : Romances : Literatura brasileira 869.935

2011

EDITORA SCHWARCZ LTDA.
Rua Bandeira Paulista, 702, cj. 32
04532-002 — São Paulo — SP
Telefone: (11) 3707-3500
Fax: (11) 3707-3501
www.companhiadasletras.com.br

ÍNDICE

AS PRAGAS

AS ÁGUAS SE TRANSFORMAM EM SANGUE

Nossa vida era regulada por um ciclo aparentemente eterno e imutável. Periodicamente subiam as águas do grande rio, inundando os campos e chegando quase até nossa casa; depois baixavam, deixando sobre a terra o fértil limo. Era a época do plantio. Arávamos a terra, lançávamos a semente, e meses depois as espigas douradas balançavam ao sol.

E então vinha a colheita, e a festa da colheita, e de novo a cheia. Ano após ano.

Éramos felizes. Eventualmente tínhamos problemas; doença na família, uma desavença qualquer, mas de maneira geral éramos felizes, se feliz é o adjetivo que qualifica uma existência sem maiores preocupações ou sobressaltos. Claro, éramos pobres; faltava-nos muita coisa. Mas aquilo que faltava não nos parecia importante.

Éramos seis na pequena casa: meus pais, meus três irmãos e eu. Todos dedicados à faina agrícola. Mais tarde aprendi o ofício de escrever; foi desejo do meu pai, acho que ele queria que eu contasse esta história; aqui está a história.

Uma tarde passeávamos, como era nosso costume, às margens do rio, quando minha irmã notou algo estranho. Repara, disse ela, na cor dessa água. Olhei e de imediato não vi nada de estranho. Era uma água barrenta, porque nosso rio não era nenhum desses riachos de água cristalina que corre trêfego entre as pedras, na montanha; era um volumoso curso d'água, que vinha de longe, fluindo lento e arrastando consigo a terra das margens (que nos importava? Não era nossa terra); grande animal, quieto, mas poderoso, que adquirira ao longo dos séculos o direito ao seu leito largo. Não era um rio bonito, isto não era; mas não queríamos que adornasse a paisagem, queríamos que se integrasse ao ciclo de nossa vida e de nosso trabalho, e ele o fazia. Não precisávamos contemplá-lo em êxtase. Secreta gratidão bastava.

Mas realmente havia algo estranho. A cor das águas tendia mais para o vermelho do que para o ocre habitual. Vermelho? Não fazia parte da nossa vida. Não havia nada vermelho ao nosso redor; flores vermelhas, por exemplo. Aliás, flor era coisa que não plantávamos. Não podíamos nos permitir tais indulgências. Por outro lado, é verdade que, às vezes, ao crepúsculo, o céu se tingia de cores diversas, e, entre elas, o escarlate. Mas a essa hora já estávamos em casa. Dormíamos cedo.

Minha irmã (em algum tempo ela poderia ser reconhecida como expoente do novo espírito científico) deteve-se. Paramos também, surpresos. Deixando-nos para trás, deixando para trás o grupo familiar, a própria família, a carne de sua carne, o sangue de seu sangue (atenção, aqui: o sangue de seu sangue), ela adiantou-se, vivaz como sempre, e entrou no rio. Abaixou-se, apanhou alguma coisa que examinou atentamente e depois nos trouxe.

— Que é isso? — perguntou meu pai, e notei então a ruga em sua testa; a ruga que raramente aparecia, mas que era um sinal ominoso, como o eram certos pássaros negros que, por vezes, esvoaçavam na região e que sempre anunciavam a morte de um dos raros vizinhos.

— Não sabem o que é? — minha irmã, com aquele sorriso superior que tanto irritava mamãe: esta menina pensa que sabe tudo, mas ainda não descobriu um jeito de nos livrar da pobreza. — É um coalho. Um coalho de sangue.

Estranho: um coalho de sangue flutuando nas águas de nosso rio. Nosso pai, que para tudo sempre se sentia na obrigação de prover explicações (se possível lógicas), aventou a possibilidade de se tratar do sangue de um animal, talvez sacrificado no rio; há supersticiosos, garantiu, que pretendem com tais práticas controlar a natureza, ritmando cheias e vazantes de acordo com o período de semeadura. Tolice, explicável pela eterna crendice humana.

Sim — mas e a coloração das águas do rio? Quanto a isto nada disse, e nem ninguém perguntou.

Voltamos para casa. Minha irmã caminhava a meu lado, silenciosa. De repente: nosso pai está errado, ela disse, e aquilo me encheu de temor. Filha falando assim de pai? Moça que, a rigor, deveria ficar em casa ajudando a mãe, e que só vinha ao campo por especial concessão do chefe da família? Mas já prosseguia, sem notar minha perturbação: com um destes dispositivos capazes de aumentar extraordinariamente o tamanho das coisas, disse, veríamos corpúsculos, de tamanhos variados. Uns avermelhados, que dão cor ao líquido; outros esbranquiçados.

— Em outras palavras — concluiu, olhando-me fixo — o rio transformou-se em sangue.

Sangue! Sim, era sangue e eu o sabia desde o início. Apenas não me atrevera a mencionar a palavra, e muito menos com a segurança e a facilidade com que ela o fazia. Sangue!

Nosso pai não ouviu, ou fingiu que não ouviu. Mas nos dias que se seguiram, até ele teve de admitir a transformação. O rio que corria diante de nós era um rio de sangue. E não havia para isso nenhuma explicação possível. Nem das veias de todos os animais do mundo, abatidos ao mesmo tempo, sairia tamanho caudal. Estávamos diante de um fenômeno insólito e aterrador. Minha mãe chorava dia e noite, convencida de que o fim dos tempos estava próximo.

Meu irmão mais velho, rapaz prático (e talvez por isso o preferido de nosso pai) pensava em tirar proveito da situação vendendo o sangue para exércitos estrangeiros, já que, como se sabe, a hemorragia em soldados malferidos era comum causa de óbito. Mas isto não seria possível: mesmo nas águas do rio, e à menor manipulação ou turbulência, formavam-se de imediato coágulos. De tamanho descomunal: volta e meia avistávamos macacos neles encarapitados.

Nosso pai não se deixou abater. Procurou de imediato uma solução para o problema. Ao cabo de algum tempo, descobriu que, cavando poços ao longo do rio conseguia água pura; ao que parece, a areia da margem filtrava o sangue (todo o sangue? Mesmo as elementares partículas de que falava a minha irmã? Isto não ousei perguntar. Nem falou ela a respeito. As tais partículas integraram-se ao rol das coisas embaraçosas, não verbalizadas, que existem em todas as famílias, numas mais, noutras menos. Palavras não pronunciadas pairam nos lares como espectros; sobretudo nas noites opressivas em que não se consegue dormir e em que todos, olhos abertos, fitam um mesmo ponto do forro da casa. O lugar exato em que, no sótão, está o esqueleto insepulto).

Construímos uma cisterna. Dia e noite, sem cessar, nós a enchíamos com cântaros. E assim tínhamos água para beber, para cozinhar, para irrigar a plantação. Até que um dia as águas do rio começaram a clarear; os coágulos desapareceram. Aparentemente, tudo estava voltando ao normal. Vencemos, bradava nosso pai, enquanto nossa mãe chorava de alegria.

RÃS

Júbilo precoce, o do nosso pai, como haveríamos de constatar. Um dia, apareceu uma rã na cozinha. Rãs não eram raras na região, e aquela era uma rã absolutamente comum, com o tamanho e a aparência habituais em tais batráquios. Surpreendia que se tivesse aventurado tão longe; mas o fato mereceu apenas um comentário qualquer, bem-humorado, de nosso pai. No mesmo dia encontramos várias rãs na plantação; e à beira do rio havia dezenas delas, coaxando sem cessar. Aquilo já era intrigante mas, segundo afirmou nosso pai, ainda dentro dos limites do normal, já que amplas variações não são raras nos fenômenos naturais.

Mas era muita rã... E nos dias que se seguiram se multiplicaram ainda mais. Estava ficando desagradável a situação. Caminhávamos esmagando rãs; para comer, tínhamos de removê-las da mesa; e à noite as encontrávamos em nossos catres.

Mas mesmo assim não perdíamos o bom-humor. Meu irmão caçula até adotou um dos batráquios como bicho de estimação. Durante alguns dias andou com a rãzinha para cima e para baixo; alimentava-a com moscas e embalava-a para dormir. Uma noite ela fugiu; foi impossível identificá-la entre milhares, milhões de outras rãs que agora saltavam por ali. Nosso pai ria da perturbação do menino, mas nossa mãe não achava graça: remover de casa tantas rãs estava ficando uma tarefa difícil.

Já meu irmão mais velho pensava em tirar proveito da situação. Há quem coma rãs, garantia. Trata-se de uma carne delicada, semelhante à do frango.

— Naturalmente, só poderemos aproveitar as coxas, mas se as lavarmos rapidamente em água fria; se as deixarmos de molho em vinho, com noz-moscada e pimenta; se as embebermos depois em creme de leite; se as passarmos em farinha de trigo; se as fritarmos na manteiga; se arrumarmos, enfim, as coxas numa travessa, teremos, estou seguro, um prato delicioso. Tudo consiste, pois, em divulgar bem as receitas e comercializar adequadamente o produto, vencendo a natural, mas inexplicável, repugnância.

O projeto parecia bom, mas não pôde ser levado adiante. A invasão de rãs ocorria em toda a região; ninguém queria ouvir falar dos batráquios, muito menos comê-los. Meu pai acabou por se irritar. Isto é coisa de nossos governantes, disse, esta gente não se preocupa conosco, só lembram dos agricultores na hora de recolher os impostos.

Como que em resposta às suas queixas apareceu, no dia seguinte, um enviado do governo. Nós o conhecíamos: era um antigo vizinho, apelidado de Manco, porque tinha um defeito numa perna. Não podendo trabalhar, esse homem se dedicava à magia. Verdade que sem muito sucesso, mas, como tinha bons contatos, conseguira um alto cargo na administração central. E agora enviavam-no para verificar a situação.

Nós o acompanhamos, enquanto ele, penosamente, caminhava ao longo do rio, tropeçando de vez em quando nos batráquios amontoados na areia. Quanta rã, exclamava, admirado, quanta rã.

— E então? — perguntou nosso pai, impaciente, ao término da inspeção. — É possível fazer alguma coisa?

— Certamente — sorriu. — Assim como elas apareceram, podem sumir.

— E como é que apareceram? — insistiu nosso pai.

— Não sabem? — ele, surpreso. — É uma praga. Daqueles que trabalham na construção dos monumentos. Estão revoltados; e dizem que o deus deles está nos castigando. A nós, os poderosos! Vejam que atrevimento.

Nosso pai estava perplexo. Nunca apelava a divindades; não lhe parecia justo. Achava que o ser humano tinha de sobreviver por suas próprias forças, sem auxílio de entidades misteriosas. De outra parte: poderosos, nós? Nós que trabalhávamos arduamente, que não explorávamos ninguém? Perplexo e revoltado, meu pai. O mago prometeu para breve a erradicação das rãs, e aquilo o acalmou um pouco, mas deixou desconsolado meu irmão menor, que se pôs a chorar, pedindo ao homem que poupasse sua rã de estimação, onde quer que ela estivesse. O homem prometeu que levaria em conta o pedido. Não o fez.

MOSQUITOS, MOSCAS

As rãs sumiram, mas dias depois de seu desaparecimento, nuvens de mosquitos invadiram a região, atacando-nos ferozmente. Não podíamos trabalhar, não podíamos dormir; os mosquitos não nos davam trégua. Minha irmã aventou a hipótese de um desequilíbrio ambiental (as rãs, dizia ela, devoravam os mosquitos; depois da morte dos batráquios, os insetos proliferaram), e meu irmão maior pensava em comercializar um repelente à base de esterco de vaca — mas o nosso pai não queria saber de explicações e nem de projetos audaciosos. Matava os mosquitos com suas grandes mãos:

— Eu mostro a esse deus! Eu mostro!

Tudo inútil. Quando os mosquitos finalmente desapareceram, surgiram as moscas — enormes moscas varejeiras que zumbiam ao nosso redor. Sem nos picar, mas atormentando-nos tanto quanto os mosquitos.

— Por que não os deixam sair? — perguntava minha mãe angustiada. Referia-se aos que construíam os monumentos. Nós, os filhos, considerávamos lógica a colocação, mas meu pai estava cada vez mais indignado. Não, ele não queria que os tais saíssem; nem os conhecia, mas queria que ficassem; agora queria que ficassem.

— Para ver até onde esse deus deles vai. Só para ver até onde vai. Sangue, rãs, mosquitos, moscas, só quero ver até onde vai — dizia, ordenhando furiosamente as vacas (tínhamos duas), que agitavam as caudas na inútil tentativa de se proteger contra as pertinazes varejeiras.

PESTE

Certa manhã, uma das vacas amanheceu morta. Desta vez minha mãe perdeu a paciência; pôs-se a gritar, acusando o marido de ter provocado a morte do animal com seus maus tratos. Nosso pai não disse nada. Mirava fixo o próprio braço, ali onde aparecia o primeiro dos

TUMORES

Haveria uma vinculação entre o olhar e o tumor? Poderia a intensa emoção daquela mirada, na qual misturavam-se (em proporções variáveis segundo o momento)

o ódio e o desafio, a amargura e mesmo a ironia, poderia aquele olhar ter induzido no tegumento do homem um processo patológico, traduzido primeiro por uma dolorosa saliência e logo por uma fétida ulceração? Minha irmã não tinha resposta para a questão; nem ela nem ninguém. Quanto a meu pai, calava. Nem quando as lesões se espalharam por seu corpo; nem quando elas manifestaram-se na mulher e nos filhos — nada disse. Cerrava os maxilares e atirava-se ao trabalho, lavrando, semeando, arrancando com fúria as ervas daninhas. Apesar de tudo, o trigo haveria de crescer viçoso, apesar de tudo, teríamos farta colheita. Ao menos, era o que esperávamos, quando caiu o

GRANIZO

Uma coisa súbita: uma tarde, pesadas nuvens toldaram o sol, o vento começou a soprar — e de repente foi aquela saraivada de pedras de gelo, algumas do tamanho de um punho cerrado. Parte do trigal foi destroçada. Nosso pai, imóvel, sombrio, parecia aturdido diante do desastre. Até quando, minha irmã ouviu-o perguntar, até quando. E para esta questão, fomos obrigados a admitir, nem os mais espertos em prever o tempo teriam uma resposta satisfatória. Mesmo porque a próxima praga nada teria a ver com meteorologia. Breve estaríamos enfrentando os

GAFANHOTOS!

Passam-se os dias e, uma tarde, estamos todos sentados à frente da casa, quando um vizinho vem correndo. Ofegante, dá-nos a notícia: gafanhotos se aproximam.

Uma nuvem imensa, trazida pelo vento forte que sopra do sul. Mais uma praga!

Nosso pai põe-se de pé. Expressão de determinação no rosto:

— Chega! Agora chega!

Lutaremos, decide. Lutaremos com todas as nossas forças contra os desígnios deste deus que não conhecemos, que não adoramos, e que se vale de nós para obscuros propósitos. Quem é esse deus, afinal? — grita meu pai, e sua voz ecoa longe. Sem resposta.

Traça planos. De deuses, nada sabe; de gafanhotos, sim. Insetos vorazes, podem acabar com o que sobra do trigal em poucos instantes. É necessário impedir que pousem. Como? Barulho, diz meu pai. Temos de fazer, sem cessar, muito barulho. Barulho assusta os gafanhotos. Barulho livrar-nos-á do mal.

Na madrugada seguinte nos colocamos junto à plantação. Em fileira, imóveis, voltados para o sul. Nossa mãe, o primogênito, eu, minha irmã, o caçula. Cada um de nós segurando uma vasilha de metal (cinco: são todas as que temos) e uma pedra. Estamos imóveis; apenas o vento agita nossos cabelos. Como sei que o vento agita nossos cabelos? Bem, é verdade que agita os cabelos deles: de meus irmãos, da minha mãe, do meu pai; mas não posso ver o vento agitar meus cabelos, isto não posso. Algo sinto, no couro cabeludo; pode ser o vento agitando os meus cabelos; pode também ser um equívoco, dado que meus cabelos são curtos, mais curtos que os dos outros (corto-os, porque assim me agrada, mais rente) e além disso duros: a falta de banho, claro, nos últimos tempos. Pode ser um equívoco, resultante da vontade que tenho de que o vento me agite os cabelos, como o faz com os cabelos de todos. Pode ser ansiedade... Em suma, a dúvida se apossou de mim, e creio (tanto quanto pode crer alguém que duvida) que não mais me abandonará. Deus conseguiu os seus desígnios.

Nosso pai, testa franzida, passa em revista o seu pequeno exército. Conta conosco; ou imagina que conta conosco, que estamos com ele. Estamos? Posso falar por mim: estou. Mas estou mesmo? Inteiramente? Completamente? E o que dizer de inexplicáveis sentimentos? E o que dizer das dilacerantes dúvidas? Deus agora habita em mim. Dentro de mim crescerá, e prosperará, e triunfará. Estou perdido. Estamos perdidos.

Olhamos para o sul. Para o sul e para o alto. Nosso pai está a meu lado. Só posso vê-lo de soslaio; não posso mirá-lo nos olhos, mas posso adivinhar os múltiplos componentes de seu olhar. O ódio. A amargura. A incredulidade. A zombaria. O desamparo.

— Por quê? — é a indagação contida, entre outras, neste olhar. Muda, angustiada indagação.

De repente, um surdo rumor. Meus cabelos, sinto-o (ou penso que o sinto), arrepiam-se. Perscruto ansioso o horizonte; lá surge, a princípio tênue e pequena, logo maior e mais densa, a nuvem escura. São eles, os gafanhotos. É o vento quente que os traz.

Em poucos minutos chegam até onde estamos. É um pesadelo, os bilhões de grandes insetos zunindo ao nosso redor.

— Barulho! — grita meu pai, mas sua voz é abafada pelo espantoso zunir dos gafanhotos. — Barulho!

Barulho é o que fazemos, golpeando como possessos as vasilhas. Mas é inútil: a nuvem de gafanhotos já pousou, o chão está coberto de uma massa movediça.

— O trigal! — grita meu pai. Corremos para lá, tentamos remover os bichos com as mãos e os pés. Logo, porém, desistimos; o trigal, o que restou dele após o granizo, é inteiramente devorado, espigas, folhas, caules, tudo. O caçula ri, bate palmas, divertido; na sua inocência pensa que aquilo tudo é uma brincadeira. Fica quieto, berra meu irmão mais velho, sai daqui. Deixa que se divirta, grita minha mãe, em meio ao infernal barulho dos gafanhotos. É uma criança, é inocente. E pelo menos um de nós não sofre. Meu irmão, desconfiado (tal é o efeito da desgraça: filho e mais velho, passa a suspeitar da própria mãe), nada responde. Continua a bater em sua vasilha, já toda amassada.

Minha irmã apanha um dos insetos e põe-se a examiná-lo, alheia ao que se passa a seu redor.

— Sim — murmura ela — são gafanhotos. Mas...

— Mas o quê? — grito, impaciente. — O que foi que descobriste? É importante?

Minha irmã sacode a cabeça.

— Não sei. Me parecem estranhos, esses bichos.

Nosso pai aproxima-se. Olha-nos. Está lívido; treme como se tivesse febre, seus dentes matraqueiam. Indaga algo à minha irmã; ela não entende. Ele então repete a pergunta: quer saber se os gafanhotos são comestíveis. Olhamo-nos surpresos, assustados — terá a tragédia lhe tirado o juízo? Mas não será minha irmã que perderá o sangue frio numa situação dessas: sim, responde cautelosa, no sul há gente que come gafanhotos.

Meu pai então apanha mancheias dos insetos, põe-se a devorá-los. E exorta-nos a imitá-lo: comam, comam enquanto eles ainda têm o nosso trigo dentro deles. Desviamos os olhos para não ver a cena. Meu pai começa a vomitar: Vamos levá-lo para casa, diz meu irmão mais velho, numa voz imperiosa. Voz de quem assumiu o comando: pai que fraqueja diante de gafanhotos, pai que vomita (mesmo depois de ter comido insetos) não merece confiança. Não pode chefiar uma família. Atrás de meu irmão, marchamos para casa. O caçula vai quieto, estranhamente quieto. É, deduzirei depois, portador de uma oculta premonição, dessas que às vezes ocorrem às crianças, e que lhe permite prever, com vários dias de antecedência, a

MORTE DO PRIMOGÊNITO

Durante os dias que meu pai permaneceu no leito, delirando com febre alta, meu irmão mais velho tomou conta da família. Ordenhava a única vaca que nos restava, distribuía o leite entre nós, enquanto expunha seus planos: enterraria os gafanhotos mortos, e assim adubaria a terra; instalaria um moinho flutuante para moer o grão; exportaria a farinha para regiões longínquas. E contava conosco para este intenso programa de trabalho.

Nesse meio tempo nosso pai se recuperou. De novo sentou-se à cabeceira da mesa (ainda que nada houvesse para comer); de novo dava-nos ordens com seu vozeirão autoritário. O que meu irmão mais velho não podia aceitar. Simplesmente não podia aceitar. Teimosamente recusava-se a obedecer; um dia, diante de todos nós, nosso pai amaldiçoou-o. Meu irmão, ultrajado, exigiu que ele se retratasse. E como nosso pai se recusasse a fazê-lo, foi-se, batendo a porta. No dia seguinte, chegou o mensageiro trazendo a notícia: os primogênitos estavam condenados. O Anjo da Morte passaria em breve para feri-los com sua espada. Estávamos todos à mesa neste momento; a reação de meu irmão mais velho foi espantosa. Pôs-se de pé, trêmulo, os olhos esbugalhados:

— Eu? Por que eu? Eu que sempre ajudei em casa, eu que sempre cuidei de meus irmãos? Eu devo morrer? É justo isso? Respondam-me: é justo isso?

O caçula ria, pensando que era uma brincadeira (e, na verdade, com ele meu irmão sempre fora muito brincalhão); nosso pai permanecia quieto, imóvel; quanto à minha irmã e eu, desviamos os olhos. Ele correu para os braços de minha mãe, rompeu num pranto convulso que se prolongou por... Quanto tempo? Não sei. Não estava atento ao tempo, então, aos dias que deslizavam lentos e pesados como os troncos que desciam o rio. Mas creio que chorou muito tempo. De repente levantou a cabeça, mirou-nos desafiador. Não vou me entregar, disse. Não vou morrer sem lutar. Abriu a porta e saiu. Tinha dezoito anos.

Não voltou naquele dia, nem no dia seguinte. Teria fugido? Teria sido abatido pelo Anjo da Morte, como um cervo varado pela lança em pleno salto? Nossos temores não se confirmaram: regressou ao cair da noite, exausto mas excitadíssimo. Tinha, disse, algo muito importante a nos comunicar: descobrira um meio de escapar à morte certa.

— O Anjo da Morte ferirá, sim, os primogênitos. Mas passará por sobre as casas em cujos portais haja uma marca feita com o sangue de um animal sacrificado!

Nós o olhávamos. O caçula, muito espantado. Minha irmã e eu, bastante espantados. Pai e mãe — bem, não sei; se estavam espantados, não sei, não o demonstraram. Mas, independente do grau individual de espanto, ficamos imóveis, a mirá-lo. Ele:

— Mas será que vocês não entenderam? — gritou — Eu estou salvo! Praticamente salvo!

Praticamente: foi o que ele disse. Mais tarde até interroguei minha irmã a respeito e ela confirmou: sim, foi *praticamente* que ele falou: *praticamente salvo*. E fico me perguntando se não foi essa palavra — para mim, na ocasião, pouco usual e até mesmo estranha, até mesmo suspeita, com um quê de malignidade (os fatos posteriores só vieram a confirmar esta má impressão; apenas recentemente, mais familiarizado com as palavras e com certos fatos da vida é que pude aceitar, mas ainda com algum nervosismo, o advérbio. *Praticamente*! Estremeço) — fico me perguntando, eu dizia, se não foi essa palavra, curiosa para dizer o mínimo, ou sinistra como já mencionei, se não foi essa palavra, esse *praticamente* que precipitou tudo: porque, de repente, ele correu para o meu pai, agarrou-o pelos ombros, sacudiu-o (era forte, o rapaz, só que tal força de nada lhe adiantou):

— Eu estou salvo, pai! Basta que sacrifiques um animal. Mata a vaca. Colhe o sangue numa vasilha, derrama-o sobre nossa porta. Usa muito sangue, todo o sangue. Que não fique em dúvida o Anjo da Morte; que passe por cima de nossa casa; que se vá; que me poupe!

Olharam-se, naquele momento. Que classe de olhar era (o de um; o de outro; o de ambos), não posso dizer. Estavam de perfil. Via narizes, via lábios apertados; mas olhos não vi. Poderia, se dotado de especial imaginação, ter tornado (sob forma de raios luminosos, por exemplo, de variada cor e intensidade) visíveis os olhares, mas ainda assim — como interpretá-los? Mais que isso, como separar, na completa superposição das radiações luminosas, o que era o olhar de um e o de outro? Como enquadrá-los na complexa classificação de sentimentos e emoções usada pelos seres humanos e com a qual eu à época distava muito de estar familiarizado? Nem mirando-os de frente poderia descrever adequadamente a expressão de seus olhares. Nem mesmo sei se se olhavam. Estavam de frente um para o outro; mas um deles, o mais velho ou o mais novo, poderia estar mirando o sul, mirando o norte, mirando o ponto de onde supostamente deveria vir o Anjo da Morte. E quem é capaz de identificar os componentes de um tal tipo de olhar? Ou, dito de outro modo: como é que uma pessoa espera a morte (em geral)? Como espera a morte, quando é da sua morte que se trata? Como espera a morte quando é da morte de seu primogênito que se trata? Pai olhando filho que vai morrer logo, filho olhando pai que depois morrerá — quem é capaz de descrever tais olhares? Tais são os dilemas que surgem em tempos de pragas.

As mãos do primogênito afrouxaram, seus braços tombaram, impotentes. Vocês não matarão a vaca, murmurou. Sim, mais que uma suposição era uma afirmação, mas que diabos queria ele dizer? Que não queríamos salvar sua vida? Que não deveríamos matar a vaca, agora nossa única fonte de alimento? Que ele amava a vaca, de cujo leite bebera desde criança? Enfim, que conversa era aquela?

Não chegamos a saber. Sem um suspiro, tombou pesadamente. Meu pai ainda tentou ampará-lo, mas simplesmente não conseguiu segurá-lo: estava muito fraco, o pai. De gafanhotos, jamais alguém se nutriu adequadamente.

Enterramos nosso irmão na manhã seguinte. Não foi o único primogênito enterrado naquele dia, pelo que soubemos. Mas — aquela foi a última das pragas. Desde então deus algum tem nos incomodado; não apreciavelmente, ao menos; uma que outra colheita arruinada, um pequeno desastre, mas nada sério. Nada sério. Pode-se dizer o seguinte (e a frase até que não é das mais empoladas, para quem termina uma narrativa): a vida prossegue seu curso, num ciclo aparentemente eterno.

NÃO PENSA NISTO, JORGE

Estou ficando velho, Zilda. Velho e fraco. Sinto que não vou durar muito.

— Não pensa nisto, Jorge. Pensa nas coisas boas da vida.

— Estas dores no estômago. Para mim isto é câncer. O médico diz que não, mas acho que ele está me enganando. Para mim é câncer, Zilda.

— Não pensa nisto, Jorge. Pensa nos momentos felizes que vivemos juntos.

— Eu sei que é câncer, Zilda. Já vi muita gente morrer dessa doença. É uma morte horrível, Zilda. A gente vai se consumindo aos poucos.

— Não pensa nisto, Jorge. Pensa no teu trabalho. Pensa nos teus colegas, no chefe que gosta tanto de ti.

— Primeiro a gente emagrece. Já estou emagrecendo. Perdi cinco quilos neste ano. Aliás, como passou ligeiro este ano. Como passam ligeiro os anos. Como passam ligeiro os dias, as horas. Quando a gente vê, já é noite. Quando a gente vê, terminou o mês. Quando a gente vê, acabou a vida.

— Não pensa nisto, Jorge. Pensa na tua turma do bolão, gente alegre, divertida.

— Logo terei de me hospitalizar. E no hospital a gente vai ligeirinho, Zilda. Acho que é por causa do desamparo. O desamparo é horrível.

— Não pensa nisto, Jorge. Pensa nos teus filhos. Pensa na Rosa Helena, no Zé. Pensa no Marquinhos, Jorge.

— Tenho medo de morrer, Zilda. Me envergonho disso, afinal, já vivi tanto, mas a verdade é que tenho medo de morrer. A morte é o fim, Zilda. Para mim é o fim. Não acredito na vida após o túmulo. Acho que na tumba acaba tudo. A carne se desprende dos ossos, os cabelos caem, fica a caveira à mostra. Isto é a morte, Zilda. Isto é que é a morte.

— Não pensa nisto, Jorge. Pensa na tua horta. Pensa nas galinhas, Jorge. Pensa numa galinha chocando os ovos, Jorge.

— Uma galinha com câncer, Zilda?

— Por que não, Jorge, por que não.

A ORELHA DE VAN GOGH

Estávamos, como de costume, à beira da ruína. Meu pai, dono de um pequeno armazém, devia a um de seus fornecedores importante quantia. E não tinha como pagar.

Mas, se lhe faltava dinheiro, sobrava-lhe imaginação... Era um homem culto, inteligente, além de alegre. Não concluíra os estudos; o destino o confinara no modesto estabelecimento de secos e molhados, onde ele, entre paios e lingüiças, resistia bravamente aos embates da existência. Os fregueses gostavam dele, entre outras razões porque vendia fiado e não cobrava nunca. Com os fornecedores, porém, a situação era diferente. Esses enérgicos senhores queriam seu dinheiro. O homem a quem meu pai devia, no momento, era conhecido como um credor particularmente implacável.

Outro se desesperaria. Outro pensaria em fugir, em se suicidar até. Não meu pai. Otimista como sempre, estava certo de que daria um jeito. Esse homem deve ter seu ponto fraco, dizia, e por aí o pegamos. Perguntando daqui e dali, descobriu algo promissor. O credor que na aparência era um homem rude e insensível, tinha uma paixão secreta por Van Gogh. Sua casa estava cheia de reproduções das obras do grande pintor. E tinha assistido pelo menos uma meia dúzia de vezes o filme de Kirk Douglas sobre a trágica vida do artista.

Meu pai retirou na biblioteca um livro sobre Van Gogh e passou o fim de semana mergulhado na leitura. Ao cair da tarde de domingo, a porta de seu quarto se abriu e ele surgiu, triunfante:

— Achei!

Levou-me para um canto — eu, aos doze anos, era seu confidente e cúmplice — e sussurrou, os olhos brilhando:

— A orelha de Van Gogh. A orelha nos salvará.

O que é que vocês estão cochichando aí, perguntou minha mãe, que tinha escassa tolerância para com o que chamava de maluquices do marido. Nada, nada, respondeu meu pai, e para mim, baixinho, depois te explico.

Depois me explicou. O caso era que o Van Gogh, num acesso de loucura, cortara a orelha e a enviara à sua amada. A partir disso meu pai tinha elaborado um plano: procuraria o credor e diria que recebera como herança de seu bisavô, amante da mulher por quem Van Gogh se apaixonara, a orelha mumificada do pintor. Ofereceria tal relíquia em troca do perdão da dívida e de um crédito adicional.

— Que dizes?

Minha mãe tinha razão: ele vivia em um outro mundo, um mundo de ilusões. Contudo, o fato de a idéia ser absurda não me parecia o maior problema; afinal, a nossa situação era tão difícil que qualquer coisa deveria ser tentada. A questão, contudo, era outra:

— E a orelha?

— A orelha? — olhou-me espantado, como se aquilo não lhe tivesse ocorrido. Sim, eu disse, a orelha do Van Gogh, onde é que se arranja essa coisa. Ah, ele disse, quanto a isso não há problema, a gente consegue uma no necrotério. O servente é meu amigo, faz tudo por mim.

No dia seguinte, saiu cedo. Voltou ao meio-dia, radiante, trazendo consigo um embrulho que desenrolou cuidadosamente. Era um frasco com formol, contendo uma coisa escura, de formato indefinido. A orelha de Van Gogh, anunciou, triunfante.

E quem diria que não era? Mas, por via das dúvidas, ele colocou no vidro um rótulo: *Van Gogh — orelha*.

À tarde, fomos à casa do credor. Esperei fora, enquanto meu pai entrava. Cinco minutos depois voltou, desconcertado, furioso mesmo: o homem não apenas recusara a proposta, como arrebatara o frasco de meu pai e o jogara pela janela.

— Falta de respeito!

Tive de concordar, embora tal desfecho me parecesse até certo ponto inevitável. Fomos caminhando pela rua tranqüila, meu pai resmungando sempre: falta de respeito falta de respeito. De repente parou, olhou-me fixo:

— Era a direita ou a esquerda?

— O quê? — perguntei, sem entender.

— A orelha que o Van Gogh cortou. Era a direita ou a esquerda?

— Não sei — eu disse, já irritado com aquela história. — Foi você quem leu o livro. Você é quem deve saber.

— Mas não sei — disse ele, desconsolado. — Confesso que não sei.

Ficamos um instante em silêncio. Uma dúvida me assaltou naquele momento, uma dúvida que eu não ousava formular, porque sabia que a resposta poderia ser o fim da minha infância. Mas:

— E a do vidro? — perguntei. — Era a direita ou a esquerda?

Mirou-me, aparvalhado.

— Sabe que não sei? — murmurou numa voz fraca, rouca. — Não sei.

E prosseguimos, rumo à nossa casa. Se a gente olhar bem uma orelha — qualquer orelha, seja ela de Van Gogh ou não — verá que seu desenho se assemelha ao de um labirinto. Neste labirinto eu estava perdido. E nunca mais sairia dele.

FRAGMENTO

Durante muitos anos Nando fez com sucesso o papel de anão; afinal, não medindo mais que um metro e vinte, era exatamente isto, um anão. Um anão feliz; seu trabalho como ator dava-lhe dinheiro, reconhecimento e companhias agradáveis. Tão feliz quanto um anão pode ser, Nando era. Mas então o convidaram para fazer um papel diferente. Ou melhor, era ainda um papel de anão, só que de um gigante transformado em anão. O gigante, aliás, nunca aparecia em cena; sua existência ficava subentendida.

Nando aceitou o papel. Saiu-se bem, como sempre. Particularmente emocionante era a cena final em que, moribundo, implorava à feiticeira que pronunciasse a palavra mágica capaz de transformá-lo de novo em gigante. A feiticeira recusava e o anão morria.

Nando nunca mais foi o mesmo, depois desse filme. Ter vivido o papel de um gigante, ainda que um gigante potencial, perturbou-o. A várias videntes, astrólogas e médiuns perguntou pela palavra mágica; ninguém sabia de que estava falando. Desgostoso, deu para beber e arruinou-se.

Anos depois, morreu. Conforme seu desejo, foi enterrado num caixão de três metros de comprimento. Sacos de papel picado mantinham o cadáver em posição; num destes papeluchos estava escrita, em caracteres góticos, uma palavra misteriosa. Talvez fosse a palavra mágica, talvez não; talvez fosse o fragmento de um vocábulo seccionado em dois pela tesoura de um desconhecido. Talvez a palavra mágica fosse apenas isto, um fragmento. Aliás, antes de morrer, Nando dissera (despeitado ou não; isto, como disse o endocrinologista que o atendia, pouco importa num moribundo) que, sob certos aspectos, um gigante nada mais é que o fragmento de um anão.

ÁRVORE DE DECISÕES

Um homem — pode ser um analista de sistemas — é subitamente acometido de amnésia. Privado de suas lembranças, mas não de inteligência, e ainda no domínio de certas técnicas que ao que parece se integraram por completo a seu modo de ser, resolve evocar o passado, percorrendo ao contrário a árvore de decisões que, segundo imagina, orientou sua vida. Assim, se moro nesta casa, foi porque assim o decidi, escolhendo entre várias opções; se casei com esta mulher... O método revela-se um sucesso e ele retroage, de decisão em decisão, até a anos remotos de sua infância... O homem que sofre de amnésia consegue lembrar muito mais que outros. Mas então chega ao momento culminante; o do parto. As opções são duas, naturalmente, nascer ou não; ele sabe que escolheu, claro, a primeira, mas constata, consternado e mesmo aterrorizado, que ignora o porquê; por que saiu de uma situação de perfeita amnésia para uma vida que consiste tão-somente em lembranças; e então se dá conta de que a razão da amnésia é a amnésia; que esquecer é uma opção cuja razão fica definitivamente olvidada. Uma enorme fadiga apossa-se do homem, e ele já não lembra mais nada. Só lhe resta dormir e é o que faz, sonhando com uma árvore, que não é a de suas decisões, mas uma árvore mesmo, uma árvore comum, humilde exemplar daquilo que se denominava, outrora, de Reino Vegetal.

QUEBRA-CABEÇAS

Para minha tese de mestrado, tive acesso a todos os inéditos de Armando Cossio. Mais uma vez pude maravilhar-me com seu estilo sóbrio, limpo, e de tão profundas ressonâncias. Uma surpresa, contudo, me estava reservada; quando eu já imaginava concluído o levantamento da ficção de Cossio, a viúva dele me apresentou um envelope.

— Este foi o último conto dele — disse-me, mirando-me bem nos olhos.

(Perturbava-me o jeito que me olhava. Cossio morrera com sessenta e dois anos, mas ela não tinha quarenta, ainda. Uma mulher jovem, bonita, fogosa. Nós dois sozinhos naquela casa... Não tinha sido fácil.)

Peguei o envelope, abri-o. Continha fragmentos de papel cuidadosamente recortados, cada um com uma palavra datilografada.

— Uma brincadeira dele — disse sorrindo. — Escreveu esta história pouco antes de morrer; é dedicada a mim. Recortou-a palavra por palavra, e desafiou-me a reconstituí-la. Queria saber o quanto eu o amava, segundo disse. Mas eu nem abri o envelope.

Fez uma pausa:

— Você quer tentar?

Eu tinha de tentar. Era o meu trabalho que estava em jogo. Talvez mais que isso.

Lancei-me de imediato à tarefa. Sobre o tampo de uma grande mesa, espalhei todos os fragmentos, muito como as crianças fazem com as peças de um quebra-cabeças. Um exame preliminar revelou-me que não havia ali nenhuma invenção formal; de modo que comecei colocando as palavras com maiúsculas nos início de frases, os verbos no meio, adjetivos junto a substantivos etc. Num canto da mesa fui pondo as sentenças já formadas, sob um vidro que as mantinha no lugar. Na noite em que coloquei a palavra final (que era justamente *enfim*) a viúva dormiu comigo. Foram horas de intensa paixão. De manhã, ela levantou-se e foi ler o conto. — É isso? — perguntei da cama.

Ela deu de ombros:

— Não sei. Ele não me deixou ler, antes de recortar.

Levantou o vidro e, com um sopro, fez voar todos os fragmentos.

Sorrindo, voltou para a cama: fizemos amor de novo. Mas desta vez em outra posição: ela em cima, eu embaixo.

MARCHA DO SOL
NAS REGIÕES TEMPERADAS

O sol das regiões temperadas ilumina, com brilho naturalmente menos esplendoroso que o dos trópicos, as terras de Santa Catarina, estado situado no sul do Brasil.

É domingo. O ano: 1957.

No topo de uma colina, duas irmãs, Marta, de dezesseis anos, e Marlene, de dezenove, sentadas na grama, bordam e conversam. É domingo, sim, e faz três anos que morreu o presidente Getúlio Vargas. Avista-se lá embaixo a pequena cidade, o rio que corusca ao sol. No céu, ora de leste para oeste, ora de norte para sul, ora de sul para oeste, voejam (e isto, mais tarde, em retrospecto, parecerá a Marlene um presságio) aves pretas, de gênero e espécie desconhecidos.

O sol está alto, e a sombra que projeta no chão, a sombra de Marta, é, ainda que deformada por certas irregularidades do terreno, a sombra de uma bela moça. Marlene também é bela, em sombra e na realidade, mas não tão bela. Menos bela.

Estou grávida, diz Marta, sem interromper o bordado.

Pelo amor de Deus, exclama Marlene, empalidecendo. Pelo amor de Deus, Marta, nosso pai te matará.

Sabe do que está falando: o pai é um homem severo. Severidade é a marca característica dos moradores da pequena cidade, todos descendentes de morigerados imigrantes alemães, mas o padeiro Wolfgang é um homem especialmente severo. Viúvo, criou as filhas segundo rígidos princípios morais. E jamais cansou de adverti-las a respeito da maternidade espúria.

Quem é o pai da criança, pergunta a aflita Marlene. Marta dá de ombros. Acha que é um caixeiro-viajante, um carioca, com quem só esteve duas vezes e que, depois de se queixar do frio do sul, seguiu viagem para o Rio.

Marlene agora está arrasada. Moça de conduta exemplar, casada com um sisudo engenheiro têxtil, não sabe o que dizer à irmã. Marta, porém, tem um plano: dará à luz (em aborto nem pensa, quer a criança) e, se a irmã aceitar, deixará com ela o bebê. Irá então em busca de um marido, qualquer marido.

Que pode Marlene responder? É sua irmã, sua única e querida irmã, a irmãzinha com quem brincou na infância e que sempre protegeu. Abraça-a, em prantos: por você eu faço qualquer coisa, Marta querida, eu te amo. Chora tanto que Marta tem de consolá-la: calma, mana, tudo sairá bem. Das duas é a mais corajosa; sempre o foi; enfrentava os moleques, enquanto a irmã corria a se refugiar nas saias da mãe. Você é forte, diz Marlene, enxugando os olhos. Eu sei que sou, suspira Marta.

Naquela mesma noite anuncia ao pai que arranjou um ótimo emprego em Lajes, e que precisa viajar imediatamente. Um pouco desconfiado, o pai dá a sua aprovação ao pretendido. É severo, mas justo; entende que os filhos, um dia, devem seguir seu próprio caminho, mesmo que à custa de uma dolorosa separação. Confia na filha; ama-a, também. Se é o que você quer, diz, você pode ir com a minha bênção.

No dia seguinte, Marta viaja. Vai para a casa de uma amiga em Lajes. E uma noite, seis meses depois, vem bater à porta de Marlene. Traz o bebê, uma linda menina. À Marlene entrega esta filha, com muitos agradecimentos. Ao pai, um recado; que a perdoe, é tudo que deseja.

Vai para São Paulo; ali, entre milhões que se movem pelas ruas, um homem haverá de encontrar. Hospeda-se numa pensão — e durante três dias não consegue sair: chora sem parar. Chora pela filha. Chora pelo pai. Chora pela irmã. Chora por si mesma. Chora, chora: todas as lágrimas que conteve em meses, agora brotam em jorro.

Na manhã do terceiro dia, pára subitamente de chorar. Chega, diz, com determinação. Agora vamos ao que interessa.

Precisa de um marido — mas precisa primeiro de um emprego. Tem pouco dinheiro, e além disso um emprego lhe permitirá conhecer vários homens (entre eles, talvez, o futuro esposo). Arruma-se com esmero, dirige-se até a porta, mas, no momento de sair, detém-se, intimidada pela multidão que se movimenta na larga avenida. O sol de Santa Catarina, o sol que ilumina vales plácidos e suaves colinas, jamais viu tanta gente! Seu desconforto se transforma rapidamente em pânico; reage, porém. Que diabos, não era isso que queria? Gente, homens entre os quais pudesse escolher o pai de sua filha? Pois aí estão eles, os homens, os audazes paulistas, líderes do país. Olhando os rostos que passam a sua frente, seu interesse vai se transformando em infantil entusiasmo. Olha lá um japonês! Veio direto do Japão! O pai cometeu harakiri, a mãe virou gueixa, mas ele tocou em frente e veio para São Paulo. Olha lá um nordestino! A seca matou a sua plantação, dois filhos morreram de fome, os seios da mulher viraram panquecas secas, mas ele tocou em frente e veio para São Paulo! Olha lá um negro! O avô dele foi escravo, os pais não sabem ler, mas ele vai em frente porque acredita em São Paulo! Olha lá um alemão! Mal fala português, mas toca em frente, porque é mecânico e isto é São Paulo! Olha lá um... um... o que é aquilo, um javanês? Olha lá um índio! Pelo menos tem todo o tipo de índio! Olha um gordo! Olha um vesgo! Bem vesgo, até.

Ah, São Paulo. Ah, Brasil. Tudo vai bem no Brasil, é o que ela ouve dizer: este país tem de tudo, automóveis, rádios, bicicletas. O presidente é risonho e simpático. Aqui só não vai para a frente quem não quer, garantiu-lhe a dona da pensão, acrescentando:

— Mas cuidado para não cair na vida.

Não cairá. Seu destino foi traçado sob o sol bondoso de Santa Catarina: para o norte e para cima. Atravessa a rua, compra um jornal e percorre os anúncios de emprego. Há muitos, e ela tem sorte: arranja um lugar como garçonete num bar elegante. Ali conhece o primeiro de uma longa série de homens.

É um velho. Um velho rico. Industrial, ex-deputado, vice-presidente de um clube de futebol. Um homenzinho simpático, afável, paternal. Ela gosta dele; e não só pelas generosas gorjetas, gosta dele sobretudo pela cativante ternura, pela bondade com que a trata.

Logo estão saindo juntos; uma vez vão a um restaurante, outra a uma boate, Marta acha que ele poderá ser o marido ideal e o pai para a sua filha, apesar de velho. E assim, aceita com naturalidade o convite para ir à casa dele, no Jardim Europa. Ao atravessar os portões da imponente mansão, ao caminhar escoltada por um silencioso guarda por aléias ensaibradas, ao passar por um par de ameaçadores cães, ao limpar os pés no capacho, ao cruzar o umbral da maciça porta, ao penetrar no amplo vestíbulo de piso de mármore, julga-se preparada para tudo. Que venha recebê-la de olhos brilhando; está preparada. Que a conduza, pela cintura, a seus aposentos; está preparada. Que tire de um armário um vistoso negligé; está preparada. Está preparada para tudo, para deitar no largo leito com dossel, para abrir as pernas, para acolher o gnomo. Ampara-se na idéia de que logo a filha terá um pai, um pai velho e feio, um pai lúbrico, mas um pai. Está preparada.

Está preparada, mas não esperava pelo que acontece a seguir.

Vamos fazer uma brincadeira, anuncia, sorrindo, o velho. Que brincadeira? — ela, meio desconfiada. Não se assuste, ele diz, é uma brincadeira que eu e minha falecida esposa inventamos: chama-se mamãe e filhinho. Mamãe e filhinho? — ela não está gostando muito, mas ele insiste: faço questão, diz. O tom agora é categórico e ela acha melhor concordar; é o futuro casamento que está em jogo, e de mais a mais não pode ser nada de tão terrível, mamãe e filhinho. Mamãe de qualquer modo já é, pensa, amarga.

Senta aqui, diz o velho, indicando uma confortável cadeira de balanço. Senta, e aguarda um pouco. Volto já.

Sai. Minutos depois, retorna. Ao vê-lo, Marta arregala os olhos, espantada: o velho tirou toda a roupa, e está de fraldas. Fraldas feitas especialmente para ele, decerto, mas iguaizinhas às fraldas de bebê. Mais: presa ao pescoço, por uma correntinha dourada, tem uma chupeta; e carrega consigo uma mamadeira com leite.

— Então? — diz, triunfante. — Não sou um bebê bonitinho? Hein?

Atônita, Marta não sabe o que dizer.

— Posso sentar no seu colo? — pergunta ele numa vozinha que tem mesmo algo de bebê. — Como? — ela pensa não ter ouvido bem, mas ele repete, dessa vez com certa impaciência:

— Posso sentar no seu colo? Nenê quer colinho.

Ah, sim, então era isto: mamãe e filhinho era isto. Claro, apressa-se ela a dizer, o senhor pode vir. Não me chame de senhor, ele diz. Eu sou bebê, sou seu bebê. E sem maiores delongas o homenzinho, miúdo, seco de carnes, acomoda-se no colo da robusta Marta. Me abraça, ele pede, e ela o abraça. Seu colo é gostoso, ele diz.

— Você tem filhos?

Ela hesita. Estará chegando o momento?

— Uma menina.

— Nota-se: você tem jeito para a coisa. Vive com você, a menina?

— Não, ficou em Santa Catarina, com minha irmã.

Abafa um soluço. Não fique triste, diz o velho condoído, às vezes as crianças estão melhor longe das mães. E, vivaz:

— Esqueça, esqueça. Seu filho agora sou eu. Me embale.

Ela se põe a embalá-lo com energia. Devagar, adverte ele, não vá me deixar cair. Já aconteceu, uma estúpida me derrubou, quase quebrei um braço.

Marta modera o embalo. Isso, aprova o velho. Agora me dá a chupeta.

Ela coloca-lhe a chupeta na boca. Mas ele mantém cerrados os lábios, sacode a cabeça de um lado para o outro, choramingando como um nenê. Ela o olha, perplexa.

— O que está olhando? — ele, irritado. — Não está entendendo? Mas que mãe é você? — Controla-se. — Está bem. Se não quero a chupeta e estou choramingando, é porque tenho fome, não vê?

Marta apanha a mamadeira da mesinha de cabeceira, tenta introduzir o bico na boca do velho, que protesta:

— Não! Não é assim. Você tem que experimentar primeiro, ver se está quentinha, se está boa de açúcar, estas coisas. Espera aí! Não bota o bico na boca, sua burra! Você quer me contaminar com seus micróbios? Ponha umas gotinhas no braço e experimenta. No teu braço, idiota! No teu braço. Isso. Agora experimenta. Está boa?

Está, murmura Marta, a face molhada de lágrimas. O velho põe-se a sugar. Aos poucos, a expressão de desagrado vai desaparecendo de seu rosto; ele agora está tranqüilo.

— Estava bom — diz, ao terminar. — Muito bom. Agora você deve cantar para me adormecer.

Marta põe-se a embalá-lo: dorme nenê, que a cuca já lá vem... O velho protesta debilmente: assusta-o esta cantiga, que fala numa horrenda criatura da mitologia brasileira. Marta então passa a entoar a antiga melodia com que a mãe costumava adormecê-la. Dá resultado: de olhos fechados, o velho sorri; e logo está dormindo.

Ela o deposita na cama, tira o negligé. Veste-se. Desce as escadas, passa pelo impassível mordomo, pelos cães, pelo guarda, e se vai. Não voltará.

Por alguma razão é despedida do bar. Tenta encontrar outro emprego mas já não tem tanta sorte; não consegue um bom lugar. Não tem experiência em escritório. Não sabe bater à máquina. Não fala inglês. É uma moça de Santa Catarina à procura de um pai para a sua filha; mas esta história ninguém quer ouvir. Finalmente arranja um emprego como balconista numa loja.

O trabalho é árduo, estafante. Pagam-lhe pouco. Mal dá para a pensão, além disto, ela faz questão de ajudar a irmã nas despesas com o nenê, de modo que tem de se privar até mesmo do essencial. Há dias em que faz apenas uma refeição; emagrece rapidamente, vive exausta. A moça que trabalha com ela, Rita, sugere que volte para Santa Catarina. De jeito nenhum, diz Marta. Só com um pai para minha filha.

Uma noite, saindo da loja, cai desmaiada em plena rua. Levam-na ao consultório de um médico, ali perto; lá, depois de uma injeção de glicose, ela se recupera. A primeira coisa que vê ao abrir aos olhos é o rosto simpático e bondoso do jovem doutor Ricardo. E, desde logo, estão apaixonados.

Diariamente ela vai vê-lo no consultório, onde aguarda impaciente que saia o último cliente. Fazem amor num velho sofá, no chão, sobre a mesa de exames. Mas, apesar da paixão, não é uma coisa boa. Ele é um homem nervoso, inseguro. Sente-se culpado e temeroso, por estar usando o seu local de trabalho para encontros furtivos; é tal a sua ansiedade, que acaba por contagiar Marta. A relação é insatisfatória. Ela sente dores, não atinge nunca o orgasmo. Ele tem agravado o seu problema de ejaculação precoce.

É casado, o que complica ainda mais as coisas. Não que ame a esposa. Ao contrário. Descreve-a como uma mulher autoritária e cruel, que se compraz em atormentá-lo, ora acusando-o de fracassado (você não passa de um doutorzinho de bairro), ora debochando de seu defeito físico — Ricardo manca levemente. Recusa-se a ter filhos e o desafia a abandoná-la. Constantemente humilhado, ele esforça-se, contudo, por manter o casamento. Por temor, claro, ao escândalo, que poderia prejudicar sua reputação como médico; mas sobretudo porque se sente irremediavelmente atraído pela mulher, que, além de ser muito bonita, é um verdadeiro demônio na cama. Sabe fazê-lo gozar, ah, isso ela sabe. A qualquer hora, em qualquer lugar (muitas vezes, estando no banho de imersão, puxa-o para dentro da banheira), em qualquer posição. Domina-o; pelos cordões do sexo, manipula-o como a uma marionete. Ele a deseja dia e noite, chega a se masturbar pensando nela. Se eu pudesse me livrar dessa mulher, nós já teríamos casado, Marta querida; porque te amo, é só a você que amo.

Marta procura dar-lhe forças: eu também te amo, Ricardo, esperarei o tempo que for necessário.

No íntimo, porém, angustia-se pensando na filha, que cresce longe dela. Está quase, Marlene — escreve, e é o que espera: que breve possa voltar à filha com um marido, ainda que desquitado.

Uma noite batem à porta de seu quarto. Abre e ali está ele, Ricardo, com uma mala na mão. Transtornado, verdadeiramente transtornado, o cabelo em desalinho, os olhos arregalados, a gravata desatada:

— Consegui! — brada. — Consegui me livrar dela, Marta! Graças a Deus, consegui!

Chorando, cai nos braços dela. Durante muito tempo ficam ali, abraçados. Depois vão falar com a dona da pensão — Ricardo quer permissão para passar ali o que considera noite de núpcias. A mulher, compreensiva, concorda, mesmo porque já conhece a história de Marta e deseja ajudá-la.

Excitados, não conseguem dormir. Passam a noite fazendo planos — viajarão para Santa Catarina, escolherão uma cidadezinha para morar: ele clinicará, ela cuidará da casa, a pequena Clara crescerá feliz (junto com os irmãozinhos e irmãzinhas — porque pretendem ter muitos filhos). O sol catarinense os verá sempre abraçados, felizes... De manhã, tomam café com a dona da pensão — que faz um pequeno discurso, desejando-lhes felicidades na vida que agora começam — e saem, Marta para a loja, Ricardo para o consultório; encontrar-se-ão à noite, na pensão. Na loja, Marta olha o relógio a todo o instante, anseia pelo momento em que poderá abraçar de novo o seu Ricardo, o seu homem.

Mas ele não aparece. Nem naquela noite, nem no dia seguinte. Preocupada, ela não sabe o que pensar. O telefone do consultório de Ricardo não atende; para a casa dele ela não quer ligar. Por fim o próprio Ricardo lhe telefona. Soluçando, diz que voltou para a mulher.

— Ela é uma diaba, Marta.

Conta que ela foi atrás dele no consultório — Ricardo já estava se preparando para a viagem —, seduziu-o ali mesmo, e enquanto ele gemia de prazer, fê-lo prometer que retornaria à casa.

— Me perdoa, Marta! Me perdoa!

Ela desliga, sem uma palavra. Volta ao balcão e, mecanicamente, continua a medir a fazenda que estava vendendo. A crise vem à noite, nos braços da dona da pensão, chora e grita: por que, meu Deus? Por que acontecem essas coisas comigo? Calma, diz a dona da pensão, vai passar.

Passa. Custa, mas passa. Três semanas depois Marta se sente melhor: consegue escrever para a irmã, narrando o acontecido, e dizendo que aprendeu a sua lição.

Não chega a colocar esta carta no correio: no mesmo dia, batem à porta — Ricardo, sem mala, sem nada, radiante:

— Agora sim, Marta! Agora consegui! Me livrei dela!

É um júbilo tão sincero que Marta não pode duvidar dele: lançam-se nos braços um do outro, chorando. E depois convidam a dona da pensão para comemorar com eles jantando fora. A velha olha-os, surpresa, mas aceita o convite, desejando-lhes — de novo — felicidades.

Três dias de arrebatamento se sucedem. Marta esqueceu tudo o que tinha acontecido antes; estão agora começando do começo e tudo dará certo.

Mas aí Ricardo desaparece de novo.

Desta vez nem telefona; some, simplesmente.

— Eu sabia — comenta a dona da pensão, não sem censura — eu sabia que ele ia fazer isso. É um covarde, Marta. Como todos, aliás. Brasileiro é assim, não dá para confiar. Os peruanos são bem melhores.

Ela não quer mais pensar nele, não quer mais pensar em nada. Move-se como um autômato, da pensão para a loja e da loja para a pensão. Só pensa na filha, a filha que está crescendo longe da mãe; tem vontade de voltar; um dia chega a ir até a estação rodoviária; mas no último momento dá-se conta do que está fazendo e deixa apressadamente a fila. Só voltará com um marido.

Ele ainda aparece uma vez, o Ricardo. Mas não vem sozinho; a esposa espera por ele na rua.

— Diz para ela — suplica — que nos amamos. Diz, Marta. Vê se convence ela a me deixar em paz, Marta! Faz isto, porque eu não posso!

Ela olha-o, sem dizer nada. De repente começa a tremer; tão transtornada está que Ricardo recua, assustado:

— Sai! Sai daqui! Pega a tua mulher e sai. Sai, antes que eu te mate!

Assustado, ele precipita-se escada abaixo. Marta atira-se na cama, chorando; e ali fica um dia e uma noite, chorando sem parar. Vêm os enfermeiros e levam-na para o hospício.

Um mês depois tem alta. Sem emprego, sem saber o que fazer, vagueia pela cidade, em meio à multidão apressada. No viaduto do Chá um garoto lhe entrega um papelucho: *Madame Olga. Vidente. Problemas familiares. Filhos desaparecidos? Esposos em paradeiro ignorado? Procure-me.* Uma súbita esperança: talvez essa madame Olga possa lhe ajudar a encontrar um marido. Talvez.

Procura-a. Madame Olga recebe-a, escuta com atenção a história que Marta lhe conta. Depois, pede-lhe que tome assento à mesa, toma-lhe as mãos, manda que feche os olhos e se concentre. Tensos minutos se escoam. Numa voz hesitante, Madame Olga diz que está vendo um homem; não consegue distinguir bem as feições; mas sabe que ele reside numa casa confortável, pois é pela janela da casa que ela, no transe, espia. Marta insiste, quer saber mais. Como é o homem, alto ou baixo, magro ou gordo? Usa óculos, bigodes? E a casa? Que pode Madame Olga dizer da casa? É um sobrado, um palacete, o quê? Mas a vidente não responde às perguntas; diz que a visão está se desfazendo; as duas por fim abrem os olhos e ali estão, frente a frente. Saí do hospício na semana passada, diz Marta, em voz baixa, contida. Aquilo era horrível. Imagino, suspira a mulher. Hesita, e volta à visão:

— Não, não sei onde ficava a casa, em que cidade. Mas me parece que era mais para o norte que para o sul. Tente... Belo Horizonte. Isso: tente Belo Horizonte.

A dona da pensão lhe paga a passagem, ela segue para Belo Horizonte. Arranja emprego numa fábrica de confecções; e vai vivendo. Periodicamente recebe cartas da irmã, às vezes com foto: Clara no berço, Clara começando a caminhar. O primeiro aniversário, o segundo, o quinto, o sexto. Cada carta é uma crise: ela chora, se desespera. Mas mantém-se firme: só voltará para Santa Catarina com um pai para a sua filha. Aos sábados arruma-se e sai: vai a clubes, vai a bailes, vai a festas do sindicato. Arranja namorados, feios ou bonitos, jovens e velhos. Mas nada de casamento. A culpa é sua, dizem as suas companheiras de trabalho entre o estrugir das máquinas. Porque ela, ansiosa, pressionava demais os homens. Nós, mineiros, somos muito desconfiados, diz um dos amantes num quarto de hotel, antes de vestir as calças e desaparecer para sempre.

Uma vez chega a noivar, com um gerente de banco, um homem ainda jovem, sério, organizado: cada encontro é marcado numa agenda. Vão a cinemas, a restaurantes; ao jantar discutem detalhes do casamento.

Um dia, ela cria coragem e menciona a filha. Ele empalidece:

— Mas você não tinha me falado nisso.

— Sim, mas é que...

— Eu pensava que você era virgem. Sempre tive o maior respeito por você. Nunca lhe propus algo indecoroso. E agora você me diz que até filha tem.

No dia seguinte, anuncia que o noivado está desmanchado. E apresenta-lhe uma planilha, com três colunas: *data*, *natureza da despesa*, *gasto*. Ali estão registrados os jantares, os passeios.

— Converti a despesa em dólares — explica ele. — Por causa da inflação, temos de pensar custos em termos de moeda forte. Penso que devemos dividir as despesas. Se as coisas entre nós tivessem dado certo, eu não faria esta proposta. Mas considerando que nossos caminhos agora se separam, e por culpa sua, este ressarcimento me parece inteiramente justo.

— Mas eu não tenho esse dinheiro — balbucia a perplexa e consternada Marta.

Ele hesita.

— Bom, posso fazer o seguinte: dar um desconto de, digamos, uns vinte e cinco por cento. Afinal, em alguns destes lugares você foi por insistência minha; e nos jantares, que eu me lembre, você comia pouco. E não tomava vinho. De modo que dá para reduzir o montante... Mas não posso abrir mão desse dinheiro. De forma nenhuma.

Num súbito arroubo, confidencia: está investindo. Está investindo pesado. Está comprando ações, letras de câmbio. O momento é para isto. O mercado está em alta; ele está seguramente informado que as cotações irão às nuvens. Quem ousar, ganhará muito. Fortunas serão feitas da noite para o dia. Acredito, diz Marta, mas não tenho dinheiro. Ele a obriga a assinar promissórias. Assustada, ela foge para Salvador.

Lá conhece um jovem paulista chamado Jorge, um estudante universitário que está passando algum tempo na Bahia, em busca de resposta para suas inquietações. Pela primeira vez experimenta o calor da paixão: chegam a passar dois dias na cama fazendo amor sem cessar, e nada comendo: tomam apenas água de coco.

Ela não consegue arranjar emprego. Ele, apesar de ter um pai rico, está rompido com a família. Quando o dinheiro dela termina, eles deixam Salvador e vão viver numa comuna perto de Porto Seguro. Ali os dias se escoam, plácidos; ela está cada vez mais apaixonada; ele... também. Ele também.

Ela fala da filha. Ele se interessa; quer saber da menina, pede para ver fotos. Mas quando ela propõe que casem e mudem para Santa Catarina ele recusa: está em busca de um caminho, e isto tem a ver com política, não com casamento. Além disso, é contra essa coisa de família, de possessão burguesa: todos têm que se dar a todos. E como para confirmá-lo, naquela mesma noite introduz na barraca uma jovem baiana recém-chegada à comuna:

— Ela vai dormir conosco.

Deita entre as duas, o Jorge. Faz amor ora com uma, ora com outra. De manhã, Marta acorda cedo. Beija o adormecido estudante e se vai.

De Porto Seguro para Brasília. De Brasília para Campo Grande. De Campo Grande para Belém. De Belém a Manaus. Armando, geólogo, Rui, motorista de caminhão, Aristeu, sacerdote de uma seita secreta. Cesar, vereador.

Peixoto, quitandeiro. Negrinho, mestre-de-obras. Inácio, colono.

Em Goiânia conhece um velho ator português chamado José Reis, que se apresenta em circos, em velhos cinemas, em qualquer lugar, sempre com a mesma encenação, *Auto de Tiradentes*, uma homenagem à Inconfidência Mineira; que foi, afirma, o grande movimento de libertação nacional do Brasil.

É um homem bom, José Reis. Bom, mas revoltado. Veio de Portugal fugindo da ditadura salazarista, e com a esperança de ver o socialismo triunfar no Brasil — um país novo, tropical, sem os vícios da Europa. Em 1961 chegou a acreditar que este sonho se realizaria.

— Foi logo depois da renúncia do Jânio, quando os militares tentaram dar o golpe. Eu estava em Porto Alegre, participei do movimento em defesa da legalidade. Foi lindo, aquilo, batalhões de operários nas ruas. Infelizmente, a coisa não durou muito: acharam uma solução de compromisso. Acabaram-se minhas ilusões. No fundo são todos iguais: brasileiros, portugueses. Todos congenitamente, visceralmente reacionários.

Discutia com as pessoas na rua, insultava os engraxates: por que vocês se humilham desse jeito? Por que se ajoelham? É para ganhar uns trocos, é? Vendilhões do templo, resmungava ao ver os ambulantes na rua. Verdadeiros vendilhões do templo. Deveriam ser expulsos a chicotes. Nem para capitalistas servem. Se pelo menos pudessem se tornar em alvo da luta de classes — mas não, ficam aí, entre a burguesia e o proletariado, entre o céu e a terra.

Ia ao aeroporto, dirigia-se a uma servente que varria o chão:

— Já andou de avião alguma vez?

— Não — respondia a espantada mulher.

— Você nunca vai andar de avião. Nunca. Olhe esses aí a seu redor: eles viajam. Vão para São Paulo, para o Rio. Vão para Paris, para Viena. Você sabe onde fica Viena?

— Não.

— Não sabe onde fica Viena. Não sabe nada. Sabe ler?

— Não.

— Eu imaginava. Enquanto você estiver aqui, varrendo o chão, limpando os banheiros, eles estarão sobre as nuvens, tomando uísque. Isto não te causa revolta?

— Bom... Eu sou pobre, o senhor sabe...

— Sei. Pobre. Pobre e burra. Pobre, e burra, e conformada. Tem de ficar limpando banheiro, mesmo. Tem de ficar rastejando a vida inteira. Conhece Tiradentes?

— Ouvi falar.

— Ouviu falar. Isso é tudo: ouviu falar — subitamente exaltado: — Sai daqui, sai.

Amargo. Homem bom, mas amargo. Amargo demais. Marta vive com ele três semanas: emociona-se vendo-o representar, mas não pode suportar suas queixas. E José Reis não quer ser pai de ninguém.

— Eu? Pai? Para quê? Não acredito em família. Não acredito em nada. Cada um por si.

Deixa-o e segue para oeste. É um pai que quer, um pai para sua filha.

Estéril, Marlene cria a menina como a filha que não pode ter. É Marlene que Clara chama de mãe. De Marta, Marlene nunca fala; pelo contrário, em suas preces suplica a Deus (pedindo perdão por seu espantoso egoísmo) que a outra jamais volte. Marta jamais volta.

Mas então nunca se encontram, mãe e filha? Sim, um dia se encontram. Na rodoviária de Buenos Aires.

Clara ali está, com o namorado e amigos. Tem agora dezoito anos, e é a primeira vez que sai de casa.

Marta também acabou de chegar; veio com um comerciante argentino que conheceu em Cuiabá e que aceita discutir casamento, depois de um período de convivência na longínqua cidade em que mora.

Durante alguns segundos olham-se, Clara e Marta. Uma mira o rosto da outra, como o explorador que estuda o mapa de uma região desconhecida. Não há tempo, porém, para que incorporem, através desse olhar (por intenso que seja), traços das respectivas faces, para que transportem à memória a lembrança de uma boca bem desenhada, de uma sobrancelha ou de uma incipiente ruga. Algo, contudo, poderá ficar, uma inquietante partícula, o germe de uma paixão — que terá de permanecer, talvez por muito tempo, latente. Eis que Marta, conduzida pelo argentino, já embarca em seu ônibus. Ruma para o sul, para a gelada Patagônia, lá onde a neve lhe despertará saudades do pálido sol das regiões temperadas.

DIÁRIO DE UM
COMEDOR DE LENTILHAS

Como é fácil imaginar, lentilhas nunca mais foram a mesma coisa para Esaú após a perda da primogenitura. Ele, que nunca tinha sido um particular apreciador da leguminosa, ele, que, ao oferecimento de certos anfitriões, recusava dizendo não, não, prefiro cabrito, ele foi obrigado a fazer uma profunda reflexão sobre um prato que, na sua culinária emocional, desempenhara até então um papel relativamente modesto. Nesta trajetória, passou por diversas fases. A primeira, naturalmente, foi de raiva: perdi minha primogenitura! Aquilo que me era tão precioso! E por um prato de lentilhas! Um desgosto acentuado pelo deboche de amigos e parentes: nunca um prato de lentilhas custou tanto a alguém, diziam, entre risos escarninhos. Sugeriam-lhe — também entre risos — que se estabelecesse com uma estalagem especializada em lentilhas (e alguém até propunha o nome: *A Lentilha de Ouro*).

Humor fácil, que magoava Esaú mais que qualquer outra coisa. Homem grosseiro, peludo, sempre humilhara os outros com piadas de mau gosto; agora, porém, que se via obrigado a sofrer na própria pele, no próprio couro, as agressões resultantes de ferinas observações, constatava quão penoso pode ser o papel de vítima. Pelo menos isto as lentilhas me ensinaram, suspirava.

Suspeitava que estava no início de um novo caminho em sua vida. Por esta época poderia ter tido um sonho qualquer com lentilhas gigantes; isso, porém, não ficou registrado em seu diário, um longo manuscrito que foi recentemente descoberto, guardado numa ânfora de barro, em uma caverna não distante de sua presumível morada. O diário tem início no dia em que ele perdeu a primogenitura; e a primeira palavra, escrita numa grafia incompreensível até mesmo para renomados peritos é, supõe-se, um palavrão, ainda que os palavrões da época não tenham ficado registrados em lugar nenhum.

É claro que as vibrações resultantes das vozes daqueles que bradaram aos céus podem estar ainda se propagando no espaço; mas recuperá-las, decodificá-las, situá-las num contexto histórico, é algo que está fora das possibilidades técnicas do mais refinado dos exegetas.

Pode-se apenas imaginar que o imemorial impulso que leva os seres humanos a, em algum momento, emitir certos sons que convencionalmente expressam desagrado, estivesse presente em Esaú, especialmente depois que a agradável (talvez não tão agradável; nada foi registrado no diário a respeito) sensação de plenitude gástrica deu lugar àquela inquietação que em muitos se traduz em interrogações (que sou, que estou fazendo aqui nesta terra, por que crescem tão furiosamente os bambus?).

A primeira fase, portanto, pode ser considerada de revolta. Até certo ponto compreensível. Esaú era um homem jovem. Tolerava mal certos rígidos preceitos da vida tribal. Nada dizia a respeito, mas pensava que Caim tinha feito muito bem em matar Abel, e que para os fracos não há lugar neste mundo. Não achava justo que alguns tivessem tudo ou quase tudo, e que outros não tivessem nada, ou quase nada. Que alguns rissem, despudorados, enquanto outros choravam, copiosamente ou não, silenciosamente ou não. Que alguns cantassem enquanto outros calavam. Mais que isto, várias vezes insinuara ao pai que pretendia barbear-se diariamente (sabendo o quanto desgostava aos mais velhos uma face glabra). A expressão de dor na face do homem a quem devia, de acordo com tudo que, naquele tempo, se entendia por códigos morais, respeito, aquela expressão não despertava nele remorso algum. Ao contrário: mal contido prazer, era o que evidenciava seu sorriso.

Lentilhas, agora. Lentilhas! E justo, perguntava-se enquanto caminhava de um lado para outro, no aposento a que, por obrigação, deviam recolher-se aqueles que perdiam a primogenitura, é justo ser despojado de suas prerrogativas alguém que, por fome (e pode haver algo mais humano do que a fome?), cede à chantagem representada por um prato de lentilhas?

Lentilhas, alimento humilde: nada de sofisticado, nada que supusesse haver ele cedido a uma tentação gastronômica (tanto mais que era, reconhecidamente, um homem de gostos simples). Tudo o que acontecera, pois, podia ser assim resumido: homem volta para casa, exausto, faminto; sem estar, em decorrência disto, no pleno gozo de suas faculdades intelectuais, cai em traiçoeira armadilha, cujo chamariz é um prato de inocentes lentilhas.

Podia ir mais adiante em seu raciocínio e levantar dúvidas sobre tais lentilhas. Não que contivessem substâncias estranhas: não, a tal nível de suspeição não chegaria. Mas — seriam aquelas lentilhas comuns? Talvez não. Talvez resultassem de um elaborado processo de seleção genética destinado a obter um vegetal capaz — pela aparência, pelo odor, por ambos — de seduzir primogênitos. Lembrava agora que o aroma da ervilha despertara nele estranha sensação que atribuíra à fome, à simples fome.

Agora, já não havia o que fazer. Vítima de sua gula — e mais uma vez tinha de se penitenciar por isso —, devorara todas as lentilhas. Carecia, portanto, de qualquer prova para suas acusações. Mesmo porque o velho pai, ainda que sábio, sofria de várias privações sensoriais, das quais não menor era a cegueira; não perceberia, sob a inocente aparência das lentilhas, evidências de qualquer pérfido engodo que pudesse ter preparado a mulher com quem, em mau momento, contraíra matrimônio, e em quem — por amá-la muito — confiava. O que lhe restava então? Reagir, lutar. Transformar a derrota em vitória. O que não seria fácil, sobretudo porque teria de partir para a luta amargurado e humilhado. Mas talvez pudesse começar exatamente da cilada de que fora vítima. *Lentilha de Ouro*, por que não? *Prove a lentilha que seduziu Esaú*. Ganharia bom dinheiro à custa da traição que lhe haviam feito. Outra opção seria, ao contrário, levantar a bandeira do ideal. Alertaria o povo contra o consumo imoderado de lentilha; defenderia a extinção da primogenitura; lutaria, enfim, por um mundo em que todos fossem iguais e em que comer lentilhas não acarretasse perigo. Sonho? Delírio atribuível ao efeito residual de certa substância contida, ou colocada, nas lentilhas? Talvez. Mas que resta a um primogênito despojado, senão sonhar, ou mesmo delirar?

Longo é o diário de Esaú, e muito desigual no que se refere à importância de suas reflexões (pode-se até falar em ruminações; sem mencionar os erros de ortografia e a complexa sintaxe que dificultam a leitura). De modo que, expurgado de tais elucubrações, o que resta? O fato básico de que ele deixou de ser primogênito por ter comido um prato de lentilhas. Por causa disto, os estudiosos que se debruçaram sobre o documento renunciaram a toda e qualquer pretensão de extrair daí um trabalho digno de valor, pelo ângulo acadêmico ou por qualquer outro. Dirigiram sua atenção a outros campos mais promissores. Três deles, por exemplo, constituíram uma firma de exportação de leguminosas. Estão atentos às cotações da Bolsa de Chicago. Não se trata, contudo, da lentilha, a respeito da qual Esaú tinha várias queixas, fundadas ou infundadas. Trata-se de soja, que não poucos denominam o "grão de ouro".

MISEREOR

Ao entrar no hospital, Fernando deu-se conta: fazia um ano que Suzana estava ali. Um ano, já. Um ano de dor, um ano de ansiedade, um ano de sofrimento: um ano.

A constatação atingiu-o de golpe: por um momento chegou a pensar que não teria forças para prosseguir, que bateria em retirada. Mas reagiu. Cerrou os dentes e com firme determinação seguiu em frente. Passou pela portaria; a moça mal o olhou, a maioria dos funcionários do hospital já se havia habituado à sua presença. Subiu um lance de escadas e tomou à direita no comprido corredor. Foi andando, olhando os números à direita e à esquerda: 1010, 1011, 1012. Já os conhecia de cor, e conhecia também alguns de seus ocupantes, os mais antigos: o homem com doença renal, a menina que estava em coma há dois anos. Às vezes encontrava os familiares no corredor, e então trocavam aquele olhar meio angustiado, meio cúmplice, que une as pessoas irmanadas por um mesmo duro transe.

O quarto de Suzana era o último. A porta ficava ao lado da grande janela ao fundo do corredor, através da qual se avistava o jardim do hospital: pinheiros, canteiros de flores, aléias ensaibradas por onde corriam crianças. Fernando bateu à porta.

(Sempre batia. Era um acordo tácito entre eles: batia e aguardava um pouco. Dava a ela tempo de se recompor, caso necessitasse.)

Entre, disse uma voz fraca, quase inaudível, e ele abriu a porta. De imediato sentiu o cheiro, o vago e nauseante cheiro de doença, de desinfetante, com o qual não conseguia se habituar. Mas pôde sorrir para Suzana, que estava deitada, recostada em vários travesseiros. Sua aparência, constatou, o coração confrangido, deteriorava-se dia a dia: as faces cada vez mais encovadas, os lábios cada vez mais fanados. Só os olhos guardavam algo do que ela fora; mesmo assim, o brilho que neles havia era — a expressão ocorria-lhe implacavelmente — o de um animal acuado.

Inclinou-se para ela, beijou-a no rosto, puxou uma cadeira, sentou-se.

— Você está muito bem hoje.

Ela sorriu debilmente. Ele sabia que ela sabia que ele estava mentindo; mas ela sorria e ele sorria. Fazia parte do piedoso e tácito jogo que agora substituía tantos outros jogos que ao longo da vida de casados haviam permitido que convivessem com respeito, com ternura — e por que não, com amor (pois, quem disse que o amor dispensa o jogo?).

— O médico já veio?

— Já. Passou aqui de manhã cedo.

— E aí?

— Disse que é para continuar com este novo remédio. Mais vinte dias.

Sim, era aquilo. O tempo agora estava dividido em períodos, limitado por prazos. Mais vinte dias com o remédio. Daqui a uma semana, nova radiografia. Se o hemograma não melhorar até o fim do mês... Era o jogo do médico, aquele: balizava o caminho escuro. Mantinha assim a ilusão de que chegariam a algum lugar, a um desfecho feliz. E eles, de bom grado, se submetiam; mostravam-se gratos ao médico. Afinal, era humano, o doutor. E era amigo deles há muitos anos. Precisava ser poupado, ele também.

— Tudo bem em casa? — ela agora fazia sua parte: jogava-lhe uma pergunta, como alguém joga um salva-vidas ao homem que se afoga. *Tudo bem em casa?* Ajudava-o: que falasse dos filhos, da empregada. E que falasse sem culpa, sem precisar se recriminar por estar vivo e com saúde. Ele então falou das coisas da casa, do risoto que a empregada tinha preparado na noite anterior, do boletim que o mais velho tinha trazido do colégio, das caretas que a caçula fazia para a vizinha do apartamento, da desinsetização que estava planejando para os próximos dias. Falava sem cessar; em parte por gratidão, em parte por medo — medo de que qualquer interrupção (mesmo que para tomar fôlego) se transformasse num fosso intransponível, num abismo em que se precipitassem ambos. Ela o ouvia em silêncio, um pálido sorriso no rosto; às vezes acenava com a cabeça, e isto, este discretíssimo encorajamento, lhe dava forças para prosseguir. Em determinado momento, contudo, sentiu-se fraquejar; a constrição na garganta se tornara insuportável, a voz saía estrangulada; e o pânico já lhe invadia — mas então bateram à porta, e entrou uma atendente do hospital. Vinha aplicar uma injeção, e enquanto preparava o material ele, exausto, pôde se recompor.

— O senhor me ajude aqui — disse a atendente — vamos colocar a dona Suzana de bruços.

Num gesto decidido (mas brusco demais para ele; brusco demais) removeu o cobertor, revelando um corpo devastado: braços e pernas finos como caniços, um ventre escavado. Uma visão que ele mal podia suportar mas que à atendente, aparentemente, não afetava muito:

— O senhor fique aqui do meu lado. Quando eu disser *já* a gente vira.

Era uma mulher jovem e bonita; uma presença perturbadora, que só fazia aumentar a angústia de Fernando. Ansioso por terminar de vez aquilo ele se aproximou da cama, colocou-se ao lado da moça. E então o braço dela roçou o seu. Ao contato da carne rija, tépida, ele estremeceu — e neste momento viu que Suzana o olhava. Não havia acusação naquele olhar, nem mágoa, nem nada. Apenas o olhou. No instante seguinte estava de bruços.

A atendente aplicou a injeção, ajudou Suzana a se voltar na cama, acomodou os travesseiros e se foi. Fernando tornou a se sentar. Por um instante ficaram em silêncio, ela ainda ofegante. De súbito disse, sem olhá-lo:

— É duro, não é, Fernando? Eu sei que é duro.

Ele não podia acreditar no que estava ouvindo. Não podia acreditar que o dia não terminaria sem que tivessem de passar, ambos, por aquele suplício, mais um suplício. O que é duro, perguntou numa voz que lhe saiu pouco mais que um sussurro.

— Você sabe. Ficar sem mulher. É duro, não é?

Ele não respondeu. Meu Deus, pensava, termina logo com isso, meu Deus. Mas ela prosseguia, numa voz que, em seu tom neutro, era tão fraca quanto implacável:

— Você tem alguém, Fernando? Pode dizer. A esta altura, já não precisamos mais guardar segredo. Afinal, hoje faz um ano que estou aqui.

Que merda, pensou ele, que merda. Mas, então, sentiu-se reagir. E com uma energia que até a si próprio surpreendeu, levantou a cabeça e respondeu:

— Não, Suzana, não tenho ninguém. Você sabe que não tenho ninguém.

Ela não disse nada. Ficou em silêncio, os olhos fitos no teto. Mas ele agora queria mais, ele queria ir até o fim; e ela, como que adivinhando, perguntou, na mesma voz fraca, descolorida:

— Como é que você faz, então?

— Você sabe. Eu me masturbo.

— Sei. Sei que você se masturba. Mas pensando em quem, Fernando?

— Em quem haveria eu de pensar, Suzana? Em você.

— Em mim? — o tom agora era de amarga zombaria: ela chegara a seu limite. — Em mim, Fernando? Em mim como sou agora, ou em mim como era antes?

Ele agora se sentia arrasado. Era um absurdo, aquilo tudo. Um absurdo que clamaria a Deus, se Deus existisse, se Deus conseguisse existir. Ele fez o que podia fazer: pegou-lhe a mão — e não disse nada. Ela fechou os olhos. As lágrimas agora lhe deslizavam pelo rosto.

Ficaram imóveis, em silêncio, até que as sombras da noite começaram a se adensar no quarto. Vendo que Suzana tinha adormecido, ele levantou-se e, sem fazer ruído, saiu do quarto.

Tomou um táxi e foi para casa. As crianças não estavam; tinham ido jantar na irmã de Suzana. E ele disse à empregada que não queria ser incomodado. Entrou no quarto e fechou a porta à chave.

Tirou toda a roupa e deitou-se, nu.

Fechou os olhos e, sem esforço, abandonou-se à fantasia que o acompanhava desde que Suzana fora para o hospital. Viu-se deitado na cama de um luxuoso quarto de motel. De repente a porta se abriu e uma linda mulher, vestida como odalisca, aproximou-se, lenta. Ele a aguardava, extasiado, a boca seca de desejo.

Ela atirou-se sobre ele. Mas antes que ele fechasse os olhos, antes que a devastadora paixão apagasse tudo a seu redor, ele viu, ele ainda viu: da janela do quarto de motel, alguém espiava-o.

Suzana, naturalmente.

O SINDICATO DOS CALÍGRAFOS

O Sindicato dos Calígrafos está em assembléia permanente. Esta decisão não foi tomada de chofre, e não é a resposta a uma situação aguda. Ao contrário, a medida se impôs em decorrência do agravamento das más condições de exercício da profissão, o que levou à convocação de sucessivas reuniões — primeiro mensais, depois semanais e, por fim, diárias —, até que os calígrafos associados (em número de trinta, atualmente) resolveram optar pela assembléia permanente como forma de mobilização constante. Mesmo porque não lhes resta outra alternativa. Permanecer em suas modestas casas de porta e janela, situadas em bairros distantes, pensando sobre a vida, ruminando mágoas e aguardando a morte? Nunca. Pelo menos na sede do sindicato — e até que o juiz julgue a ação de despejo contra eles movida — têm abrigo, a companhia uns dos outros (o que não é pouco para estes idosos, cujo círculo de relações se estreita cada vez mais), e a sensação de estarem lutando, unidos, por uma causa grandiosa. A permanência da arte caligráfica, diz Alcebíades, um dos fundadores do sindicato, é condição de sobrevivência para nossa cultura. Os outros, sorvendo o aguado chá, concordam, mas não poucos deixam de lembrar a época em que a agremiação oferecia a seus associados opíparos jantares regados a vinho.

O tempo custa a passar na assembléia permanente. Esgotada a discussão sobre as reivindicações (que variam, desde a extinção pura e simples da datilografia até a solicitação de auxílio ao governo e às entidades beneficentes), o coordenador procura levar a conversa para outros tópicos — e sem demora, pois sabe que nada é mais terrível e ameaçador para os calígrafos do que o silêncio absoluto, aquele silêncio que não é rompido pelo rascar de penas sobre o papel. De modo que a agenda dos trabalhos prevê também discussões técnicas e relatos de experiências pessoais.

Estilos de caligrafia são analisados e comparados; as surpreendentes modificações surgidas quando do advento da pena de aço são debatidas. As recordações são muitas. Ainda lembro, diz Honório, a primeira frase que escrevi como calígrafo: e isto acima de tudo: sê fiel a ti mesmo. É de Shakespeare. Alguém hoje em dia sabe quem foi Shakespeare? Alguém conhece o trabalho do imortal Bardo de Avon? Hein? Respondam-me, companheiros: vocês crêem que os jovens de hoje dão importância a essas coisas?

Ninguém contesta; não é necessário. Honório quer apenas desabafar, e os calígrafos ouvem-no em silêncio. Os que crêem que caligrafia e Shakespeare são coisas diferentes, e que não se deve intimidar o público com autores britânicos, guardam para si tais restrições. O momento não permite divergências, nem mesmo quanto a assuntos de menor importância. União — tal como diz a Carta de Princípios do Sindicato — deve ser o objetivo de todos. É por isso que Almeida não verbaliza suas críticas em relação ao trabalho de Valentim. Jamais diria em público aquilo que consta às fls. 7 de seu diário: ''O *M* de Valentim parece um camelo no deserto''. Há respeito entre eles; ainda que pertençam a diferentes escolas, reconhecem que o pluralismo é condição de sobrevivência para a caligrafia.

Sempre preferi o *R*, diz Evilásio, ou mesmo o *W* — talvez porque me permitiam traçar caprichosas volutas muito de acordo com meu temperamento barroco. Mas então descobri o *i*, isto mesmo, o *i* minúsculo, e foi uma revelação. A modesta simplicidade desta letra! E o ponto, suspenso no espaço! O ponto, acreditem, me fascinou. Creio ter encontrado nele o sentido maior da caligrafia. Porque enquanto alguns — meu próprio filho, por exemplo — exageram o que chamam de "pingo do i", chegando a representá-lo como um pequeno círculo, eu concluí, num momento de profunda introspecção, que deveria dirigir meu esforço no sentido inverso; isto é, reduzir o ponto a dimensões mínimas. Na verdade, o ponto não tem dimensão alguma, como se sabe. O número de pontos é infinito. Invisível, onipresente. Seria o ponto Deus, ou seria Deus um ponto? Para aceitar tal idéia, eu teria de ser aniquilado por ela; isto é, eu só poderia conceber o ponto no exato momento de minha completa extinção. Não estava preparado para isto, nem estou, por isso é que continuo colocando o ponto no *i*, ainda que para fazê-lo limite-me a tocar de leve o papel com o bico da pena. Um gesto muito contido, sem dúvida, mas um gesto. E aos que pensam que a caligrafia nasce de gestos, afirmo com toda a convicção: a verdadeira caligrafia, caracteriza-se por inação total; ela é antes virtual do que real.

— Deus — conclui Evilásio — é o grande calígrafo.

Dizem, sussurra Marcondes para os que estão perto, que eles agora têm aparelhos eletrônicos que captam os sons de vez e os transformam em escrita. Não acredito, responde o amargo, incrédulo Amâncio, que tenham chegado a tal ponto. E Rebelo: eu já esperava por uma coisa destas. A máquina de escrever deu início a uma trajetória que conduziria inevitavelmente ao desastre. O tabulador nada mais faz que acelerar este fim. Do que discorda o calígrafo Rosálio. Não é contrário ao progresso; tem até um interessante projeto, que é o de traçar letras no céu, utilizando, ele próprio (para isto terá de ser treinado, mas não se importa, afirma que se submeterá a qualquer coisa para concretizar seu sonho), um avião da esquadrilha da fumaça. Aos que vêem nisto uma traição à arte da caligrafia, retruca: a mão que maneja delicadamente a pena é a mesma que segura firme o manche do avião. Seu único problema, na verdade, é a vertigem das alturas, que tem desde a infância e que, segundo os especialistas, é incurável.

O calígrafo Inácio corresponde-se há muito tempo com uma moça cujo nome encontrou em "Correio do Amor", popular seção de um grande jornal. À primeira carta, ela se declarou apaixonada pela letra de Inácio: "A maneira como cortas o *T* evidencia um espírito enérgico; as suaves curvas do teu *S*, um coração carinhoso". Inácio chora ao ler estas missivas, mas decidiu que jamais se encontrará com a moça. Seu amor subsistirá apenas em manuscritos.

Chega Feijó. Como sempre, é o último; e, como sempre, vem sorrindo, superior. Tem boas razões para isto. De todos os membros do sindicato, é o único que tem trabalho assegurado. A cada quatro anos, compete-lhe escrever o nome do governador eleito num diploma especial. É uma tarefa para a qual prepara-se cuidadosamente, inclusive com exercícios físicos e dieta. Pagam-lhe bem e o tratam com deferência, mas Feijó tem notado que os nomes dos governadores são cada vez menores; suspeita que isto não seja produto do acaso, mas sim de uma conspiração à qual os radicais não estão alheios.

E se reativássemos a profissão, indaga de repente

Alonso (que se gaba do seu espírito empresarial); por exemplo, colocando anúncios no jornal: *Sua amada não resistirá a uma carta escrita com bela caligrafia*. Alonso planeja também cursos dirigidos a vários segmentos da sociedade. Fala em caligrafia política, em caligrafia executiva, em caligrafia proletária. Mercedes, a única mulher do sindicato, tem uma séria acusação a fazer contra os grafologistas: foram eles, sustenta, que desmoralizaram nossa profissão, ao disseminarem a idéia de que a letra é reveladora do caráter. Precisamos introduzir no currículo escolar, diz, a noção de que a caligrafia une os homens.

O Sindicato dos Calígrafos fica num velho casarão, na parte mais antiga da cidade. Trata-se de um legado de Abelardo, calígrafo de fama internacional (chegou a preparar documentos para a monarquia belga). Dias gloriosos, aqueles! À época, os calígrafos constituíam-se em famosa Irmandade. O sindicato surgiu posteriormente, quando as oportunidades de trabalho começaram a escassear. As reuniões, lembra Damião, eram verdadeiras celebrações. Os calígrafos, vestidos a rigor, chegavam à sede, feericamente iluminada, acompanhados de suas esposas e filhos. A sessão iniciava-se pontualmente às vinte horas. A ata da reunião anterior — manuscrita, naturalmente; redigi-la era uma honra que os calígrafos disputavam — passava de mão em mão, mais para ser admirada (ou desprezada) do que comentada. Em seguida, a orquestra tocava o hino dos calígrafos (''Com serifas e volutas mil/ Traço à pena o nome do meu Brasil/Enquanto no céu, do mais puro anil...'' etc.). Brindava-se com champanhe importado; era servido o jantar — truta ou salmão ou lagosta e, no final, uma torta em que a frase ''Viva a Caligrafia!'' tinha sido traçada com creme. E depois vinha o baile, sempre animado. Antes das cinco da manhã ninguém se retirava. Bons tempos, suspira o calígrafo Moura. Tempos que não voltarão, completa o calígrafo Felipe (mesmo brigados, estão solidários na mágoa).

— Fanti! — grita o calígrafo Reginaldo. — Fanti de Ferrara!

Os outros se olham. Sabem a que ele se refere: ao Fanti de Ferrara, que em 1514 introduziu o método geométrico na caligrafia gótica. Sabem que Reginaldo possui um valiosíssimo exemplar da *Theorica et practica perspicassimi Sigromundi de Fantis. De modo scribendi fabricandique omnes litterarum species*, editado em Veneza. Mas como Reginaldo não empresta o livro, ignoram deliberadamente a provocação. O calígrafo Guilherme muda de assunto: caligrafia, afirma, é a arte da bela escrita. É a liberdade, prossegue, inspirado, conjugada à disciplina. É o passado falando ao nosso coração. Tudo isso é muito bonito, murmuram dois ou três calígrafos, mas — e as leis trabalhistas?

Nada temos a ver, sustenta o calígrafo Ludovico, com esta nova classe, a dos digitadores. Se com alguém temos afinidade, é com aqueles monges que, no silêncio de seus monastérios, copiavam textos em caligrafia gótica e com delicadas iluminuras. O que, acrescenta, abrupto, o calígrafo Arthur, era também uma proteção contra a fraude: mais complicada a letra, mais difícil era falsificar uma bula papal. Esta inopinada intervenção faz calar o calígrafo Ludovico. Não gosta que lhe recordem os aspectos práticos da arte. Sabe-se que o papa Eugênio IV mandou reservar um tipo especial de caligrafia — cursiva! — para os documentos escritos rapidamente — *brevi manu* — de onde o nome de *breves*. Breves! Breves, numa arte caracterizada pela lentidão! Igualmente é de lamentar que o padre Pacioli — um amigo, incrível!, de Leonardo da

Vinci — tenha feito estudos sobre a geometria das letras. Como se fosse possível comparar sentimentos com quadrados e hexágonos!

Os calígrafos Raimundo e Koch empenham-se numa animada discussão. Raimundo acusa Colbert, ministro das Finanças de Luís XIV, de ter decretado o fim do gótico quando recomendou a seus funcionários que adotassem a escrita conhecida como *financière*: já era o mau gosto da burguesia se impondo, brada. Koch, numa voz contida (na qual percebem-se, porém, ocultas vibrações de ressentimento), pondera que o gótico continha o germe de sua destruição. Por causa da angulosidade: a vida, sustenta Koch, prefere curvas suaves. Não é golpeando o papel com a pena que imitaremos o fluxo da existência. Dois ou três calígrafos aplaudem timidamente. Raimundo cala-se. No fundo, porém, acredita em voltar ao gótico como forma de projetar-se para o alto, lá onde brilham as estrelas. É da mesma opinião o calígrafo Ronildo; para ele, a era do Rei Sol foi ruinosa para a caligrafia, em que pesem os esforços de Danoiselet e Rousselot. Hoje, dizem que ter caráter é mais importante que ser legível, mas — e neste ponto a voz de Ronildo treme com incontida indignação — não será isto uma *reductio ad absurdum*?

O que é elegância?, pergunta o calígrafo Dimone. E ele mesmo responde: é a oportunidade nos adornos.

Penso na trajetória de minha vida como se fosse o traçado de uma letra, diz o calígrafo Epaminondas. Da letra *l*, mais precisamente. Eu subi; quando estava no alto, fiz uma volta e desci; cheguei ao ponto mais baixo e aguardo pela derradeira, ainda que pequena, inflexão para cima.

— Às vezes me pergunto — suspira — se eu não deveria me chamar Luís. Luís com *l* minúsculo.

Ninguém lhe responde. Mesmo porque é tarde. Um a um os calígrafos levantam-se e se vão, para suas humildes casas. No dia seguinte retornarão. Não há vida fora da assembléia permanente. Não há vida fora da caligrafia.

ATUALIDADES FRANCESAS

No meio da noite é acordado bruscamente. É o pai que, apavorado, o sacode violentamente.

— Prenderam o Tiago, Leo! Você tem de fugir!

Atarantado, senta na cama, e começa a explicar: Tiago é militante, ele não, só tomou parte em manifestações estudantis, coisas inócuas; o pai, porém, não quer saber de nada; já telefonou a um amigo, já falou com o advogado, já decidiu: o filho tem de sair do país. Imediatamente. Leo não discute. Arruma rapidamente suas coisas. De madrugada embarca no "Colossus", com destino à França. Em Paris, aloja-se num precário hotel do Quartier Latin. Espera voltar breve, tão logo se desfaçam os temores e as apreensões. Mas não voltará breve. Seis anos se passarão; o pai morrerá e logo depois a mãe; sem parentes, sem amigos, ele já não terá motivos para retornar.

É mais um dos exilados brasileiros. À diferença de outros exilados, contudo, não quer saber do Brasil. Não quer saber de nada. Sobrevive graças a um modesto emprego de servente. À noite, em seu quarto de pensão, vê TV. Quando o dinheiro dá, vai a um concerto. Música continua sendo sua paixão. Às vezes embebeda-se, às vezes arranja uma mulher — uma caixeirinha, uma divorciada. Duram pouco, tais casos. Segue-se a volta à rotina.

Numa noite chuvosa está diante da Sala Pleyel. Frustrado: não há mais lugares para o concerto da Filarmônica; não dos baratos, pelo menos. Já se dispõe a ir embora, quando um jovem, bem trajado, aproxima-se dele. Tem uma entrada para vender: um compromisso imprevisto impede-o de ir ao concerto. São cento e vinte francos. Leo sacode a cabeça, triste: não tem tanto dinheiro. O jovem bem vestido insiste: fique com ela por cem francos. Não? Noventa. Não? Setenta. Subitamente irritado, o jovem faz uma coisa surpreendente: enfia-lhe o bilhete no bolso — é seu, não precisa pagar — e desaparece na multidão.

Perplexo e desconfiado (pode-se confiar nos ricos?), Leo entra no salão, acha o lugar — excelente, aliás —, senta-se. Justo a tempo: soam os primeiros acordes da *Sinfonia Júpiter*.

Mozart é seu compositor predileto, e a performance da Filarmônica é arrebatadora — mas ele não consegue se concentrar na música. Por causa da moça a seu lado: olha-o. Não disfarçadamente, não de soslaio; mira-o insistentemente. O que quererá com ele, esta moça linda e elegante? Não pode imaginar, e cada vez se perturba mais; pensa em levantar-se, em sair... Mas não, é questão de honra: fica. Não deve nada a ninguém, nenhuma explicação. Não sairá. Os ricos que se danem.

No intervalo, a moça dirige-se a ele: posso fazer-lhe uma pergunta? Fala em francês, mas — surpresa —é brasileira; o sotaque é inconfundível, sotaque carioca. Pode falar em português, responde ele, sorrindo. Ah, você é brasileiro! — agora é ela quem se surpreende. Ele diz que sim, que é brasileiro, mas que está há muitos anos em Paris. Ela, por sua vez, diz que chegou há pouco; veio para o doutorado, mas perdeu a vaga; resolveu ficar uns tempos; o papai garante, diz, com um trejeito.

Riem. Ela volta à pergunta: quer saber como Leo conseguiu o lugar. Ele conta. Ah, sim, murmura ela; abalada, claramente abalada. E nada mais diz. No final do concerto, porém, dirige-se de novo a Leo:

— Devo te dizer... — hesita um instante, depois continua — que a entrada que você ganhou dava direito a um jantar. Em meu apartamento.

Ele aceita. Mesmo porque já está apaixonado — qualquer que seja o sentido atribuído à palavra "paixão". Está apaixonado. É com paixão que se entregam um ao outro, no belo apartamento em que ela mora sozinha.

Passa a noite ali; no dia seguinte não vai trabalhar. Saem a passear, os dois. É um lindo dia, o primeiro dia bonito depois de uma semana de chuva. Ele faz às vezes de guia, mostra a Torre Eiffel, a Notre Dame, coisas que ela ainda não tivera paciência de ver, e que agora, confessa, a encantam.

À medida que a noite se aproxima, ele se mostra inquieto (o que ela recordará depois, em retrospecto: a estranha inquietude dele, ao crepúsculo). Diz que precisa ir, tem um compromisso. Ela o faz prometer que telefonará. Por certo, diz ele.

Antes de partir, pede-lhe dinheiro. Para quê? — pergunta ela, surpresa, e mesmo um pouco ofendida. Não é da tua conta, ele responde, seco. Ele pega o dinheiro, mete-o no bolso, e sem mais uma palavra, se vai.

Nessa mesma noite comparece ao concerto na Sala Pleyel. Por coincidência ou não, ocupa o mesmo lugar. Por coincidência ou não, é de novo a Filarmônica. Mas é Beethoven, agora. A meio da sinfonia conhecida como *Pastoral*, levanta-se o Leo, tira do bornal o que depois será reconhecido como um coquetel Molotov, acende a mecha, joga-a no palco! Mas tudo não passa, para os músicos, de um susto; o grosseiro artefato não chega a explodir.

Leo é preso e deportado. Algemado, chega ao Rio. É interrogado pela polícia. Perguntam-lhe se é terrorista. Não responde. Na dúvida, o escrivão registra a resposta como positiva.

UM EMPREGO PARA O ANJO DA MORTE

Todos os anos, no dia de seu aniversário, o patrão oferece-nos um almoço. Um gigantesco toldo é montado no pátio da fábrica e ali, em compridas mesas, sentamos todos, os seiscentos e tantos operários, os capatazes, os chefes de seção, para saborear uma lauta e substancial refeição: salada de batata, frango, arroz, feijão, massa. Um cardápio escolhido pelo próprio patrão que é, como ele mesmo faz questão de assinalar, uma pessoa de gostos simples. Mas com os pés na terra.

A comida é boa, e o almoço transcorre num clima de alegre confraternização: depois de duas ou três cervejas, já estamos atirando salada de batata uns nos outros. O patrão e os diretores sorriem destas molecagens. E todos nos divertimos.

Mas em determinado momento soa uma campainha. Faz-se silêncio: o patrão nos dirigirá a palavra.

De início ele se declara muito feliz de estar com seus operários, que considera verdadeiros filhos; inclusive porque é um homem idoso, muito mais idoso que se imagina. E acrescenta:

— Sei que muitos de vocês me julgam um velho rabugento, porque sou exigente, tão exigente com os outros quanto o sou comigo. Muitos de vocês acham que eu deveria estar aposentado.

Que já deveria ter morrido, até, para dar lugar a um outro patrão, mais jovem, menos severo.

Faz uma pausa e prossegue:

— Aos que assim pensam, quero desde já desiludir. Tenho uma boa razão para supor que viverei muito tempo.

Conta então a história do Anjo da Morte:

Tinha recém-aberto a empresa. À época, fabricava apenas pequenas caldeiras. Cinco operários o ajudavam, mas o grosso do trabalho quem fazia era ele. Uma noite ficou trabalhando até tarde. Precisava entregar uma caldeira no dia seguinte, e os operários já se haviam ido, deixando a tarefa pela metade. De modo que resolveu terminá-la sozinho. Estava ali soldando chapas, suando, quando de repente viu diante de si um estranho personagem, alto, magro, de faces encovadas e olhar sinistro. Perguntou quem era. Sou o Anjo da Morte, foi a resposta, vim para levar você. O patrão era um homem moço, gozava de boa saúde, a idéia de morrer sequer lhe passava pela cabeça. Mas sabia que essas coisas, um enfarte, um derrame, podem acontecer. De modo que, resignado, disse ao Anjo da Morte que o acompanharia. Pedia licença apenas para terminar a caldeira, pois não queria deixar mal o cliente. O Anjo da Morte hesitou, mas acabou concordando: disse, contudo, que esperaria só até o clarear do dia. Quando o primeiro raio de sol entrasse pela clarabóia, levaria o patrão. Que, diante disto, não perdeu tempo, voltando imediatamente ao trabalho. O Anjo da Morte ficou ali, olhando. Em dado momento, aproximou-se; curioso, perguntou o que o patrão estava fazendo. O patrão explicou-lhe, mas sem parar de trabalhar. O Anjo da Morte perguntou se podia ajudar. Num primeiro momento o patrão recebeu a proposta com desconfiança; achou que o outro queria era levá-lo de vez; mas naquele momento aceitaria ajuda até do demo, de maneira que lhe deu uma chave inglesa, mandou que fosse apertando umas porcas. E ali ficaram, trabalhando. Quando se deram conta, já tinha amanhecido, os operários vinham chegando. O Anjo da Morte entrou em pânico. E agora, choramingava, o que vou fazer? Falhei em minha missão, não posso retornar ao lugar de onde vim. O patrão ficou com pena dele; ofereceu-lhe emprego, ponderando apenas que não poderia pagar mais que o salário mínimo; afinal, tratava-se de um aprendiz. O Anjo da Morte aceitou.

— Ganhei assim — termina o patrão — um colaborador fiel, prestimoso. Tenho certeza de que, enquanto ele estiver satisfeito — e ele está satisfeito — viverei aqui, dirigindo esta empresa do meu jeito. É isto, amigos.

Ressoam calorosos aplausos. Verdade que uns, os inconformados, ficam a olhar disfarçadamente para os lados; tentam identificar, entre os companheiros, esse tal de Anjo da Morte que não cumpriu sua tarefa. A maioria, porém, dedica-se a saborear a sobremesa. Goiabada com queijo. Gostosa e nutritiva.

HORA CERTA

O avião estava no ar há uns trinta minutos, quando meu marido de repente se deu conta: não, ele não queria me abandonar.

Tudo — a súbita resolução, a saída apressada (nem roupa levara!), o embarque —, tudo não passara de uma precipitação. De um equívoco terrível. Na verdade, ele não queria viver com outra, ele queria mesmo era ficar com sua mulher e seus filhos.

Quinze anos de vida conjugal, uma família, isso não era coisa que ele pudesse jogar fora como casca de banana.

(Casca de banana: a esta imagem, ele — no avião — não pôde deixar de sorrir. Porque estava lembrando uma cena engraçada: na primeira vez em que saímos juntos ele escorregou numa casca de banana, à porta mesmo da casa de meus pais. Rimos os dois, eu até um pouco contrafeita — não seria aquilo um presságio, um mau presságio. Ele adivinhara meu pensamento: nunca mais escorregarei, garantira, nunca.)

Verdadeiro juramento, que agora lhe vinha à mente enquanto o avião prosseguia sua rota entre nuvens negras, iluminadas às vezes por relâmpagos ameaçadores.

Verdadeiro juramento. Que por um triz escapara de romper: num momento de insensatez decidira abandonar a família, os amigos, tudo, enfim, por uma mulher que aparecera na cidade, uma atriz; verdade que bonita, inteligente, culta — mas de qualquer maneira uma desconhecida. Coisa de adolescente. Mas a lucidez lhe voltara: o vôo era longo o bastante para permiti-lo. Ainda bem que a gente vive num país de grandes distâncias, pensou, um país de longos vôos. Lástima o dinheiro da passagem — aliás ele se apercebia disso agora: passagem de ida e de volta. Significando isso o quê? Ora, que na realidade pensava em voltar, não queria romper com tudo. Inconscientemente, tomara uma providencial precaução. Tudo o que precisava fazer agora era desembarcar, ir ao balcão da companhia e marcar lugar no primeiro vôo de volta. A funcionária estranharia, decerto: e daí? Que estranhasse, ela. Não se aborreceria. Talvez até revelasse à moça: estou voltando para casa, sabe? Cometi um erro, deixei minha família, mas durante o vôo reconheci meu erro e agora quero voltar o mais depressa possível. Sorrindo, compreensiva, a moça lhe perguntaria pela bagagem; e quando ele respondesse que nada trazia, ela lhe ponderaria o que ele deveria ter descoberto antes de embarcar: ah, mas então o senhor não estava com muita vontade de viver esta aventura. E ririam os dois.

— Jantar, senhor?

Era a aeromoça, com a bandeja. Meu marido recusou: não, não queria nada; tinha esperança de voltar a tempo para jantar conosco, com sua família. Seria o jantar de reconciliação, embora de nada soubéssemos; porque ele não diria nada, não revelaria o que se tinha passado. Para que estragar o jantar? Era o nosso melhor momento juntos. Sempre. Que bobagem eu ia fazer, murmurou. O homem ao lado olhou-o, surpreso, desconfiado. Meu marido sorriu: pensou em contar ao outro, olhe, eu ia deixar minha família — mas desistiu. Consultou o relógio: dezenove e quarenta e sete. Minto: dezenove e quarenta e dois. Cinco minutos depois o avião se espatifava contra a montanha. E tudo o que meu marido pensou ficou em segredo; um segredo que guardo entre nós dois, cuidadosamente.

Como cuidadosamente guardo seu relógio, para sempre parado: dezenove horas, quarenta e sete minutos.

O INIMIGO PÚBLICO

As atividades de Arão, o inimigo público, têm início às sete da manhã de qualquer dia, inverno ou verão. Não é fácil para um homem de quase sessenta anos, atacado de reumatismo crônico, levantar-se cedo; mas Arão não vacila: tem uma missão a cumprir, portanto veste-se e sai, dirigindo-se de imediato para a parada de ônibus. O coletivo chega; ele entra, avalia rapidamente a situação e termina por se sentar, em geral ao lado de uma mulher velha, gorda e feia. Tão logo o ônibus arranca, Arão inclina-se na direção da mulher:

— A senhora é muito feia — murmura.

A princípio a mulher não entende: quê? A senhora é muito feia, repete Arão, a senhora é a mulher mais feia deste ônibus, desta cidade. A mulher pensa que ele está brincando, mas Arão prossegue com sua torrente de insultos: a senhora é uma bruxa, a senhora é uma megera, a senhora é um aborto da natureza, a senhora deveria ser devorada por jacarés famintos. Curioso que não há raiva em sua voz; é uma espécie de azeda litania, como se Arão cumprisse alguma formalidade; isto, porém, não apazigua a mulher que de repente levanta-se, aos gritos — sujo, ordinário, canalha —, e esbofeteia-o várias vezes. Sangue escorrendo do lábio partido, Arão é atirado para fora do ônibus pelo indignado motorista. Cai, rola no chão empoeirado — esta é uma vicissitude na vida de um inimigo público —, mas levanta-se, e embarca num táxi que está estacionado perto dali. O motorista, um mulato gordo, diz que o dia está muito bonito, que um dia assim há muito não se via etc. Arão ignora os comentários, manda tocar para o centro. Mal o carro arranca, inclina-se para a frente:

— O senhor fede.

A primeira reação do motorista, como a da mulher do ônibus, é de surpresa: pensa que não ouviu bem. Mas não, Arão já está dizendo em alto e bom som que é isso mesmo, que ele fede, fede horrivelmente, fede mais que uma montanha de bosta; empesta o carro, a rua toda, a cidade, com o fedor. Transtornado, o motorista (em outras circunstâncias, homem de boa paz) pára o carro, abre a porta, manda que Arão desça. Como Arão se recusa, o motorista agarra-o pelo casaco, empurra-o para fora e arranca, sem sequer pensar em cobrar a corrida. Arão recompõe-se, sai caminhando. De um desvão, um mendigo, um aleijado, pede-lhe uma esmola.

— Pelo amor de Deus.

Arão ignora-o, segue. De súbito, porém, detém-se; volta, aproxima-se do mendigo, fica a olhá-lo em silêncio por uns instantes.

— Morre — diz, por fim.

Como a mulher do ônibus e o motorista, o mendigo manifesta surpresa; no caso, arregalando os olhos. Para não deixar dúvidas, Arão repete:

— Morre.

E antes que o homem se refaça, inicia uma arenga feroz: que pobres já há demais neste mundo, pobres e aleijados, que mendigo tem mesmo é que morrer. De súbito o homem põe-se de pé, e equilibrando-se precariamente na única perna, desfere com a muleta um violento golpe em

Arão, que cambaleia e cai. Pessoas acorrem, indignadas: onde é que já se viu, um pedinte agredindo um senhor de idade, sabe-se lá por quê. Vozes iradas pedem linchamento. Um polícia quer prender o mendigo. Arão impede-o. Diz que está bem, que tudo não passou de um mal-entendido. E vai, coxeando, para casa.

Entra, tira o chapéu, pendura-o no cabide. Examina-se ao espelho: lábio partido, queixo escoriado. Chega por hoje? Talvez. Mas... E o homem que há pouco viu vendendo bilhetes de loteria? ''O senhor dá azar.'' É. Por que não? ''O senhor dá azar.'' Sorri, apanha o chapéu, e torna a sair.

MENSAGEM

O Rei mandava cortar a cabeça dos mensageiros que lhe davam más notícias. Desta forma, um processo de seleção natural se estabeleceu: os inábeis foram sendo progressivamente eliminados, até que restou apenas um mensageiro no país. Tratava-se, como é fácil de imaginar, de um homem que dominava espantosamente bem a arte de dar más notícias. Seu filho morreu, dizia a uma mãe, e a mulher punha-se a entoar cânticos de júbilo: Aleluia, Senhor! Sua casa incendiou, dizia a um viúvo, e este prorrompia em aplausos frenéticos. Ao Rei, o mensageiro anunciou sucessivas derrotas militares, epidemias de peste, catástrofes naturais, destruição de colheitas, miséria e fome; surpreso consigo mesmo, o Rei ouvia sorrindo tais novas. Tão satisfeito ficou com o mensageiro, que o nomeou seu porta-voz oficial. Nesta importante posição, o mensageiro não tardou a granjear a simpatia e o afeto do público. Paralelamente, crescia o ódio contra o monarca; uma rebelião popular acabou por destituí-lo, e o antigo mensageiro foi coroado Rei. A primeira coisa que fez, ao assumir o governo, foi mandar executar todos os candidatos a mensageiro. A começar por aqueles que dominavam a arte de dar más notícias.

INÉDITOS

O dono da gráfica-editora recebe a visita de uma senhora. O dono da gráfica-editora é um homem ainda jovem, de grandes bigodes e calva precoce; veste-se desleixado: calças quadriculadas e uma camisa floreada que deixa entrever a barriga peluda. A senhora, em contraste, apresenta-se alegre e discreta no seu tailleur cinza. Traz consigo, numa bela pasta de marroquim, um manuscrito: poemas. Quer publicá-los, diz, e é neste momento (mas só neste momento; daí em diante não mais) que sua voz treme, de maneira quase imperceptível.

Ao dono da gráfica-editora a solicitação não surpreende. O pai, de quem é herdeiro e sucessor, editava livros de poesias; tiragens limitadas, exemplares de luxo, destinados a poucos e selecionados leitores. Por este trabalho cobrava bem, ainda que o fizesse, segundo afirmava, não pelo dinheiro, mas sim pelo prazer de difundir a cultura.

Um prazer que o filho não comparte. Não entende de poesia, nem de literatura; na verdade, pouco entende de gráfica; tanto que os negócios têm ido mal, muito mal. Contudo, julga-se esperto; há pouco, quando a senhora entrou, teve um pressentimento: *hoje é o meu dia*. Agora, ao examinar as páginas manuscritas (uma bela letra, aliás), está mesmo convencido: é o seu dia, a sua chance, a oportunidade de deslanchar, de tirar o pé do barro. Porque os versos da mulher falam em paixão desesperada; e ela é rica, vê-se. Uma viúva rica, ou uma divorciada rica. Uma rica herdeira, uma mulher de meia-idade, que escreve versos apaixonados, e que deseja vê-los publicados: pagará qualquer preço.

Como não, diz o dono da gráfica, vamos publicar, sim; vamos produzir uma bela edição, uma obra de arte. É exatamente o que pretendo, diz a senhora. Uma obra de arte, se possível, com ilustrações. Claro, apressa-se a dizer o dono da gráfica, com ilustrações, com lindas ilustrações, tenho o homem certo para ilustrar poemas. E dá outros detalhes: fará a composição em tipos especiais, o papel será da melhor qualidade. Naturalmente, adianta, cauteloso, mas sem poder conter certa ansiedade, não sairá barato. Oh, apressa-se a senhora a dizer, eu sei que não sairá barato, mas isto não importa, dinheiro não é o problema. O dono da gráfica mal pode disfarçar um sorriso. Um aperto de mãos (como é macia, a mão dela) sela o pacto e já no momento seguinte ele está pedindo um adiantamento; é bom comprar o papel, os preços vão subir. Sem vacilar ela preenche o cheque e se vai.

Esse dinheiro, ele o aplica. É o que fará daí por diante: pede dinheiro para o ilustrador, aplica; para os serviços de composição, aplica; para os convites de lançamento, aplica; aplica, aplica. Cada vez que faz um pagamento, a senhora pergunta pelo livro. Vai indo, ele responde, não se preocupe.

O dinheiro rende bem, ele paga algumas dívidas e pode até comprar roupas novas. Mas está inquieto. É que... apaixonou-se pela mulher. Não é que foi se apaixonar, mesmo? Logo ele, um homem de tanta experiência, um homem que já perdeu a conta das amantes que teve; logo ele foi se apaixonar. E por uma senhora, uma mulher que está muito acima de sua condição social e (o que é pior) da qual só esperava tirar proveito.

Aparentemente, ela de nada se apercebe. Telefona, mas só quer saber do livro. Uma tarde vem à gráfica para ver como está indo o trabalho. Não há ninguém, os dois velhos tipógrafos já foram. Ele coloca sobre a mesa do escritório alguns grosseiros esboços da capa, e enquanto ela os examina, aproxima-se por trás. Abraça-a. Ela não resiste, tudo o que pede é que ele seja gentil. Ali mesmo, no rasgado sofá do escritório, ele a possui. E depois ali ficam, ela fumando em silêncio. Ele quer falar, quer contar, contar coisas, quer descrever uma infância infeliz, uma adolescência atormentada. Mas ela, alegando compromissos, despede-se e se vai.

Continuam se encontrando num motel discreto. Sim, são amantes; mas ela só quer saber do livro, como está indo a impressão, quando será lançado. Ele até se irrita com tanta insistência: por que falar do livro? Por que não falar de amor? Ela alega que tem pressa, quer fazer o lançamento logo, está com viagem marcada para a Europa. Uma noite, discutem. Ela lhe dá um ultimato: quer o livro no dia seguinte. Caso contrário, polícia.

Ele sai do motel furioso, ofendido. Ela quer o livro; pois o terá. Vai até a gráfica; ele mesmo fará a composição. É pouca coisa, uns versinhos. O trabalho, porém, revela-se extraordinariamente difícil. Há coisas que sequer entende; que raio de palavra é esta? E esta outra aqui, por que a separou desse jeito? Penosamente, vai avançando na tarefa, até que de repente — o dia já clareia — uma revelação: num átimo compreende tudo, entende o que ela quer dizer com essas estranhas palavras. Sim, é de amor que ela fala, e fala bonito; tão bonito que lágrimas de alegria lhe correm pela face. Sim, ele, um grosso, está comovido, comovido pela beleza dos poemas. Numa tira de papel rabisca uns versos; parecem-lhe bons; coisa simples, mas boa. Corrige uma palavra aqui, outra ali. E então, uma idéia lhe ocorre: acrescentará seus versos à composição do livro, que será de autoria dos dois. Uma coisa simbólica, e oportuna; porque, já decidiu, vai pedir a mão dela em casamento.

De manhã, dirige-se à casa dela. A empregada pede que espere no gabinete, a senhora já vem. Ele fica andando de um lado para outro, impaciente.

O telefone toca. Com a segurança de quem já se sente em sua própria casa, ele atende.

Voz de homem. Pergunta pela dona da casa. Não está, responde ele, desabrido (daí por diante ela não estará para ninguém). Faça um favor, diz o homem, avise à senhora que o contrato está pronto. Que contrato, pergunta o dono da gráfica, surpreso. O contrato com nossa editora, responde o homem, achamos o livro dela muito bom, vamos publicá-lo.

Ele pousa maquinalmente o fone no gancho e ali fica imóvel, siderado. Mas então ela aparece, mais elegante que nunca, numa bela túnica floreada.

Ele faz um esforço, recupera-se. Ela sorri também. Quem era, pergunta num tom casual. Engano, responde ele. Era engano.

Engano, murmura ela. Fica imóvel, o olhar perdido, o rosto iluminado por um sorriso. Ele sabe no que ela está pensando; que aí está um bom título para um poema. *Engano*.

MINUTO DE SILÊNCIO

O rei morreu, e o governo decretou: no dia seguinte ao do enterro, às dez horas da manhã, toda a população deveria guardar um minuto de silêncio. Assim foi feito, e à hora aprazada um pesado silêncio caiu sobre todo o país.

As pessoas que estavam na rua viam outras pessoas, absolutamente imóveis, em silêncio. Supostamente deveriam estar pensando no monarca falecido, e, de fato, muitos pensavam nele; na verdade quase todos, a exceção sendo representada por um professor de matemática que tão logo ficou em silêncio, pôs-se a fazer cálculos e descobriu que a soma dos minutos de silêncio de vinte e seis milhões e oitocentos mil cidadãos equivalia a cinqüenta anos, exatamente a idade que tinha o rei ao falecer. Uma vida se perdeu, pensou o professor, outra vida se está perdendo agora, no silêncio. E logo depois: não, não está se perdendo, não inteiramente, pois algo descobri — o que será?

Nesse momento, na maternidade, sua mulher dava à luz a uma criança que, portadora de múltiplas lesões congênitas, não resistiu: viveu apenas um minuto. O tempo suficiente para que a mãe a batizasse com o nome do saudoso rei.

O PRÍNCIPE

Ela estava no bar, sozinha, tomando uma cerveja, quando ele se aproximou. Não disse nada, nem se apresentou, mas desde logo ela teve certeza: era um príncipe. Um homem jovem, bonito, sóbria e elegantemente trajado, os cabelos castanhos e lisos cuidadosamente penteados. Príncipe, sim. E a grande aventura que ela sempre esperara estava enfim acontecendo.

Sorrindo, o príncipe fez um imperceptível gesto de cabeça. Ela levantou-se, acompanhou-o. Saíram do bar, embarcaram no grande carro cinza-prateado que o aguardava. Sem uma palavra, como se fosse algo preestabelecido, o chofer arrancou. Rodaram algum tempo pela cidade e depois pelo subúrbio; e não trocavam uma palavra, o príncipe e ela. Olhavam-se, às vezes, e quando se olhavam, sorriam, mas nada diziam, porque não parecia necessário dizer nada. Chegaram à casa de campo, e era bem como ela imaginava. Uma grande casa, situada no meio de um imenso e bem cuidado relvado. O mordomo esperava-os à porta; subiram de imediato para o andar superior. O príncipe abriu a porta de um quarto e ali estava, como ela imaginara, a larga cama, com dossel em musseline e colcha ricamente bordada. Com um suspiro, caiu nos braços dele e sem delongas iniciaram os folguedos, que culminaram em poucos instantes com grande ato sexual. Depois, ele abriu o champanhe que estava no balde de prata; sorrindo sempre, e sempre sem dizer nada.

Ficaram ali, em silêncio, tomando champanhe. E de repente, ela não pôde se conter; de repente disse, os olhos brilhando:

— Tu reparou, Excelência, que a gente não disse uma palavra desde que nos encontramos?

O homem tentou ainda detê-la, mas era tarde demais, o encanto rompido, ele rompeu em prantos, transformado irremediavelmente em quê?

Em príncipe, decerto.

PROBLEMA

O problema começa a ser enunciado assim: nossa avó gosta muito de seu esposo, Isaías. Isto aparentemente não configura um problema; mas o caso é que o avô Isaías está muito velhinho e doente, e tudo indica que vá morrer em breve.

O enunciado do problema continua da seguinte maneira: nossa avó não consentirá em se separar daquele que foi seu companheiro por toda a vida. Provavelmente ela mandará embalsamar o corpo, o que, de novo, não é inusitado. Mas temos razões para crer que nossa avó guardará o corpo embalsamado do defunto marido no grande armário de seu quarto.

O problema chega então a uma etapa quase decisiva. A questão que então surgirá será a seguinte: como dar sumiço ao cadáver, que obviamente não podemos tolerar em casa? A este propósito, os netos propõem uma variedade de soluções. Uns sugerem tocar fogo no corpo, o que até pode ser exeqüível, mas suscita algumas questões. Não se trata apenas de saber se um avô embalsamado é combustível; o fundamental é que o risco de incêndio generalizado não pode ser menosprezado. Diante disto, outros sugerem retirar, mediante cortes, pequenos fragmentos do avô, de forma gradual, de modo que a viúva não perceba; mas isto pode demandar anos. A melhor proposta é de uma das netas, que trabalha num laboratório de pesquisas. Ela pretende, mediante um processo de condicionamento, treinar um rato, que devorará aos poucos o corpo de nosso avô. É claro que nossa avó pode encontrar o rato, mas isto não será importante. O problema estará colocado de forma completa, definitiva e implacável, quando nossa avó começar a chamar o rato de Isaías.

NO MUNDO DAS LETRAS

Vem à livraria nas horas de maior movimento, mas isso, já se sabe, é de propósito: facilita-lhe o trabalho.

Rouba livros. Faz isso há muitos anos, desde a infância, praticamente. Começou roubando um texto escolar que precisava para o colégio; foi tão fácil que gostou; e passou a roubar romances de aventura, livros de ficção científica, textos sobre arte, política, ciência, economia. Aperfeiçoou tanto a técnica que chegava a furtar quatro, cinco livros de uma vez. Roubou livros em todas as cidades por onde passou. Em Londres, uma vez, quase o pegaram; um incidente que recorda com divertida emoção.

No início, lia os livros que roubava. Depois, a leitura deixou de lhe interessar. A coisa era roubar por roubar, por amor à arte; dava os livros de presente ou simplesmente os jogava fora. Mas cada vez tinha menos tempo para ir às livrarias; os negócios o absorviam demais. Além disso, não podia, como empresário, correr o risco de um flagrante. Um problema — que ele resolveu como resolve todos os problemas, com argúcia, com arrojo, com imaginação.

Zás! Acabou de surrupiar um. Nada de espetacular nessa operação: simplesmente pegou um pequeno livro e o enfiou no bolso. Olha para os lados; aparentemente ninguém notou nada. Cumprimenta-me e se vai.

Um minuto depois retorna. Como é que me saí, pergunta, não sem ansiedade. Perfeito, respondo, e ele sorri, agradecido. O que me deixa satisfeito; elogiá-lo é não apenas um ato de compaixão, é também uma medida de prudência. Afinal, ele é o dono da livraria.

PELE SENSÍVEL

Um homem está deitado à beira-mar, sob um guarda-sol. Dia agradável. Brisa leve. O homem olha o relógio e se surpreende: quase duas da tarde. É que está na praia desde as onze; simplesmente não se deu conta da passagem do tempo. É assim mesmo, conclui; quando se está bem, simplesmente não se nota o tempo passar.

Tal constatação deixa o homem preocupado. Já não é moço; tem cinqüenta anos. Ignorando a passagem do tempo, o que faz, na realidade, é acelerar o processo que inexoravelmente o conduz à morte. De que lhe adianta estar bem (e ele está bem; é rico, famoso; e a bela mulher que está a seu lado é sua atual esposa), se de fato está é morrendo? Morrendo descuidadamente?

O coração se lhe confrange; tem a impressão que o dia escureceu. Mas, homem enérgico e corajoso que é, não se deixará invadir por sentimentos derrotistas. Se a penosa sensação do inevitável fim derivou de uma peculiar maneira de pensar sobre um dia de sol, tudo o que tem a fazer é encontrar outra maneira de pensar que a neutralize. Um truque, em última instância. Um truque de raciocínio. Que logo lhe ocorre. É assim: o bem-estar e a felicidade aceleram a marcha do tempo; logo, o mal-estar e o sofrimento devem retardá-la. Tanto isso é verdade que, na presente elucubração, dolorosa, e, segundo lhe pareceu, terrivelmente lenta, gastou apenas dois minutos, conforme lhe demonstra o relógio de excelente marca que tem no pulso. Prova isto que *lento* e *doloroso*, as duas palavras que lhe ocorrem para descrever o transe pelo qual passa, estão intimamente associadas. De fato, não consegue lembrar algo que, sendo doloroso, não seja também lento. Assim, uma pequena operação que fez na infância (sem anestesia) foi a coisa mais insuportavelmente demorada de sua vida; e no entanto não tomou ao sorridente cirurgião mais que alguns minutos.

Precisa, portanto, infligir-se um sofrimento imaginário. Que pode até ser potencializado. Como? Pelo caráter de inutilidade. No caso da operação, a dor era minorada pela idéia de que era necessária. O que ele fará, portanto, é figurar-se uma situação em que um martírio indescritível não resulta em nada, absolutamente nada.

Imagina-se como guerrilheiro num país que tem uma fortíssima, imbatível ditadura militar. Imagina-se capturado e submetido a torturas terríveis: ferro em brasa nos genitais, unhas arrancadas etc. Isto tem de funcionar, para os fins a que se propõe; numa sessão de torturas dessas, a vida *tem* de se deter, porque o torturado abriu mão, voluntariamente, de qualquer suporte moral, de qualquer esperança no futuro. Renunciando ao porvir, ele ganha um presente eterno.

A idéia da guerrilha e da subseqüente tortura é boa, mas trabalhosa. O homem terá de tomar inúmeras providências: liquidação de seus negócios, viagem a um país distante, contato com lideranças da guerrilha etc.; tudo isto exigindo que ele, para começo de conversa, saia da praia. Não, isto não serve. Pensa então em outra coisa, mais a seu alcance. Se eu sair de sob este guarda-sol, reflete, e me expuser diretamente ao sol forte, sentirei, a princípio, desconforto, e, então, dor; logo depois, um sofrimento atroz que, crescendo exponencialmente, fará de cada segundo um ano, de cada minuto, um milênio: tempo tendendo à eternidade.

Mas a eternidade não será nunca atingida. Não só por causa da marcha do sol, que tende ao ocaso, como também pelo fato de que, à medida que se aproximar o momento de romper a barreira do tempo, o sofrimento insuportável começará a dar lugar à alegria resultante da superação da temporalidade; alegria esta que de pronto acionará o mecanismo do invisível relógio, tornando de novo a existência mensurável e finita, inevitavelmente finita. Não há solução, geme o homem baixinho. A esposa, ao lado dele, abre os olhos: quer alguma coisa, bem? O bronzeador, ele responde, e, recebendo dela o frasco plástico, levanta-se, deixa cair na palma da mão direita algumas gotas do líquido escuro e viscoso e começa, lentamente, a espalhá-lo no rosto. Como diz o anúncio, em matéria de peles sensíveis, todo cuidado é pouco.

SURPRESA

Na grande cama de casal, que está com nossa família há várias gerações, um homem jaz moribundo. Seu câncer está de tal forma disseminado que os médicos praticamente desistiram de tratá-lo. Ele pediu para morrer em casa, na cama de casal em que seus antepassados tinham dormido, amado e morrido.

A seu lado, a esposa, chorosa. O homem pede-lhe ânimo: precisam discutir a maneira como transcorrerão os minutos finais. Quero meu filho junto a mim, diz. Mas ele é apenas uma criança, geme a mulher. Eu sei que é uma criança, e é por isso que o quero junto a mim, argumenta o homem, que acontece ser meu pai. Quero que conserve de mim uma boa imagem, uma imagem encorajadora, capaz de guiá-lo e sustentá-lo pela vida afora.

Ofega, já: é tremendo o esforço que fazia para continuar falando:

— Direi a ele que sim, que faz sentido a existência do homem sobre a terra. Que a bondade, a tolerância são reconhecidas. Que a dignidade precisa ser mantida a qualquer preço. E que o amor...

Interrompe-se, o rosto contraído de dor. O que foi, querido? — a mulher desesperada. — O que aconteceu?

— Nada — ele a custo dominando-se. — Onde é que eu estava mesmo?

— O amor — ela, em prantos. — Era sobre o amor.

— Ah, sim. Que o amor é tudo. Que o amor é tudo *mesmo*. Ele precisa saber disto. Ele precisa crer no amor.

Ela agora chora baixinho. E então, como um polichinelo de uma caixa de surpresas, salto de sob a cama, abro os braços, e:

— Surpresa! — grito.

O VENCEDOR: UMA VISÃO ALTERNATIVA

Nos sete primeiros assaltos, Raul foi duramente castigado. Não era de espantar: estava inteiramente fora de forma. Meses de indolência e até de devassidão tinham produzido seus efeitos. O combativo boxeador de outrora, o homem que, para muitos, fora estrela do pugilismo mundial, estava reduzido a um verdadeiro trapo. O público não tinha a menor complacência com ele: sucediam-se as vaias e os palavrões.

De repente, algo aconteceu. Caído na lona, depois de ter recebido um cruzado devastador, Raul ergueu a cabeça e viu, sentada na primeira fila, sua sobrinha Dóris, filha do falecido Alberto. A menina fitava-o com os olhos cheios de lágrimas. Um olhar que trespassou Raul como uma punhalada. Algo rompeu-se dentro dele. Sentiu renascer em si a energia que fizera dele a fera do ringue. De um salto, pôs-se de pé, e partiu como um touro furioso para cima do adversário. A princípio o público não se deu conta do que estava acontecendo. Mas quando os fãs perceberam que uma verdadeira ressurreição se tinha operado, passaram a incentivá-lo. Depois de uma saraivada de golpes certeiros e violentíssimos, o adversário foi ao chão. O juiz procedeu à contagem regulamentar e proclamou Raul o vencedor.

Todos aplaudiam. Todos deliravam de alegria. Menos este que conta a história. Este que conta a história era o adversário. Este que conta a história era o que estava caído. Este que conta a história era o derrotado. Ai, Deus.

MEMÓRIAS DE UMA ANORÉXICA

No começo daquilo que os médicos chamavam ''sua doença'' (acrescentando o nome: anorexia nervosa), Rosa recusava o alimento que lhe era servido, à mesa, com a família; o mesmo fazia no hospital, onde esteve internada. Logo, porém, se deu conta de que aquilo não era suficiente: não podia limitar-se a rejeitar o arroz com feijão, o bife à parmiggiana. Tinha de ir mais além. Mas como? Neste dilema debateu-se alguns meses, até que intuiu a resposta: alimentos imaginários. Uma categoria na qual sua recusa não encontraria barreiras. Começou, nesta nova etapa, devagar. Fechava os olhos e, com um mínimo de esforço, via-se no elegante restaurante que, em criança, freqüentava com seus pais. Estudava demoradamente o cardápio e pedia um prato sofisticado; lagosta, por exemplo, ou truta. Quando o garçom trazia a travessa com as pequenas porções de alimento dispostas artisticamente, ela punha-se de pé e, rindo, derrubava tudo no chão. Ou então atirava a lagosta na cara do seu espantado pai. Duas ou três vezes essa conduta foi tolerada mas depois, naturalmente, o acesso ao luxuoso estabelecimento passou a lhe ser negado; mesmo gerentes imaginários podem se indignar, o que não chegou a perturbá-la: simplesmente começou a ir a restaurantes de menos categoria e a lanchonetes. Agora, o que jogava no chão eram pizzas, hambúrgueres, cachorros-quentes. E os refrigerantes, decerto. No começo esta conduta foi tolerada, porque em imaginação (e também na realidade) era rica e podia pagar os estragos. Por fim, cansaram dela; passou a ser expulsa até dos estabelecimentos de pior categoria. A esta altura, a quantidade de alimentos que destruíra era incalculável, e seu peso se reduzira a uns meros quarenta quilos (lembrando que se tratava de moça com metro e setenta de altura), mas ela sentia que sua missão não estava ainda completa. Precisava de algo grande, algo capaz não apenas de abalar o mundo como também de acabar definitivamente com a própria matéria de seu corpo, com a carne, com os nervos, com o sangue. Para implementar este projeto, precisava subtrair todo o alimento disponível no país e enviá-lo — para onde? — para a África, claro, lá onde pobres criaturas, incapazes da anorexia nervosa, sofriam as angústias da fome. Visualizava, portanto, enormes armazéns cheios de cereal, gigantes câmaras frias atulhadas de sangrentas carcaças de boi, barris enormes com leite gordo. Filas de obedientes servos transportavam esta comida a grandiosos navios que cruzavam então o oceano, rumo à África, em cuja praia milhões de famélicos aguardavam ansiosos. Mal os barcos descarregavam, atiravam-se à comida.

Não é difícil imaginar o que aconteceu. Bem nutridos, os nativos já não se contentavam com o que chamavam de "migalhas" (uma incorreção semântica: nada do que lhes era remetido deixava resíduos que se pudessem denominar "migalhas"). Queriam mais e para tanto não hesitaram em recorrer à violência. Hordas e mais hordas cruzaram o oceano, em toscos barcos. Desembarcavam clamando por alimento; matavam a quem se lhes atravessasse no caminho. Rosa foi das primeiras a perecer, atingida no crânio por um certeiro golpe de clava. O atestado de óbito falava em hemorragia cerebral; mencionava também anorexia nervosa, mas quem sabe das coisas não hesita em atribuir sua morte à comida. Alimentos imaginários são muito perigosos, mesmo quando não ingeridos.

1ª EDIÇÃO [1989] 6 reimpressões
2ª EDIÇÃO [2003] 2 reimpressões

ESTA OBRA FOI COMPOSTA PELA FORMA COMPOSIÇÕES GRÁFICAS
EM GARAMOND E IMPRESSA PELA GEOGRÁFICA EM OFSETE SOBRE PAPEL PÓLEN
SOFT DA SUZANO PAPEL E CELULOSE PARA A EDITORA SCHWARCZ EM MARÇO DE 2011